送給所有離開了，或留下來的人
33622

CONTENT 目錄

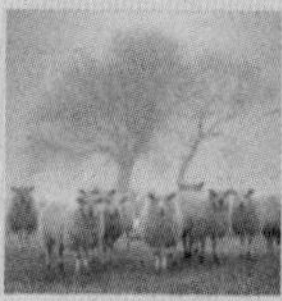

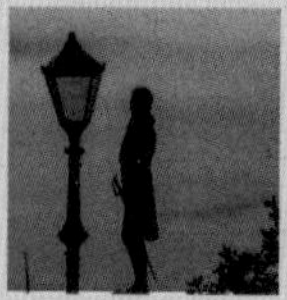

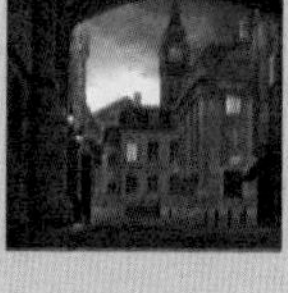

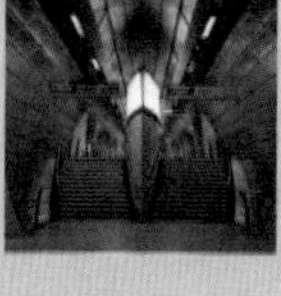

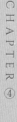

CONTENT 目錄

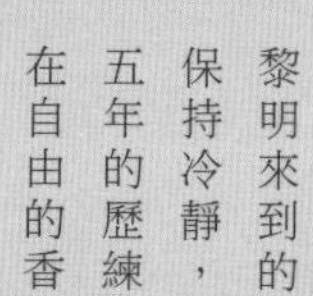

P R E F A C E
自序

那故事的後來

黎瑋思

原來都寫了五年，由二〇一五年十一月成功初簽企業家簽證開始，將我整個移居過程、營商經歷、生活鎖事、心路歷程，以至歷時一年的英國封城日誌都放上「香港人在英國」專頁。

翻看舊文就如坐進叮噹的時光機，面對過去的我，感覺的是，這五年付出的所有所有，是釋懷也是有點倦了。

離開以後 回來之前

五年前，我登上單程航班，暗忖：離開是為了回來，希望有天回到這個城市，盡努力重回昔日的美好。就這樣，離開以後，回來之前，一個遊離漂泊的狀態，是多麼的磨人。

五年後的這段日子，朋友離開，信誓旦旦：忘記過去，展望未來。沒太多的道別，也沒太多的哀愁，也像是理所當然，因為他認為，在另一個國度，彷彿還是會遇到，也可以重投再來。

忘記和記

我們離開一個城市，是為了有更好的如果，其實大家心裡明白，也只是逃避某個人和某些事而已，在這裡，我們曾經有過的快樂時光，又真的可以在記憶中消失殆盡嗎？真的可以忘記過去嗎？

另一朋友直到現在，仍然堅持留下來，她說：有這麼多人付出那麼多，我未敢放棄。是的，還有很多很多留下來的人。

去或留，或者真的要再想想，自己未來想要走的路，尤其是這幾年無論城裡城外都出現了翻天覆地的改變。不過肯定的是，我會繼續寫下去，寫我想寫的，直到不能。

留下來的人

我在這書，記下了我在某年某天某地，在英國又或香港見到遇過的一些事一些情，可能是某段舊事舊記憶，也可能有你妳您和我的故事，我都會在這裡記下來，那些故事的後來，仍有待我們寫下去。

留下來的你，或許會孤獨，但請好好生活，我還是會回來，在某年某天。

PREFACE 自序

去或留，都有美麗與哀愁

繆曉彤

剛開始寫這本書的時候，正值香港掀起新一次移民潮。有很長的一段時間，身邊的人都在討論移居的這個話題 — 離開還是不離開？

當要作出抉擇的時候，我們總會思前想後。有時候，可能會詢問別人的意見，看看有沒有人支持自己的決定。但其實，更多時候，我們心底深處，可能早已有了答案。

有人決定離開，有人決定留下來，每個人都有自己的選擇。沒有人可以為自己作出決定，因為，只有自己，才知道自己最想要的是什麼。

《離開以後，妳還好嗎》所記錄的，是我在這段日子裡所遇到的種種人和事，在離開與留下來之間的種種抉擇和反思，以及我們與香港這城市的回憶與盼望。

回到我的文字世界裡，離開的，可能是一個城市、一個地方、一份工作、一段感情、一個所愛的人。離開不會無緣無故，而每一次的離開，大概都是經歷了一次又一次的失望、一次又一次的難過。移居如是，感情如是，生活如是。

有時候，決定離開很簡單，但如何實踐自己的決定、如何面對離開以後的種種，才最困難。無論所離開的是什麼，更重要的是，我們要在接下來的日子，怎樣把旅程繼續走下去？

感謝與我一起追夢的瑋思，從我們的第一本著作，到第二本著作，再到這次的作品，謝謝你，一路走來，成就了我的寫作夢。

這次出版，我們決定用雙封面和封底連貫的設計，因為我們深信，人生總有選擇。兩個不同的封面，分別是《回到美好的最初》和《寄望夢想於今後》。

《回到美好的最初》，穿起花裙的女生，用自身的角度，昂首看著世界 — 寓意的是，有人決定離開，看到的是希望。在這個充滿色彩的世界，面對未知的挑戰，仍然擁有寄望。

《寄望夢想於今後》，攝影師從旁觀者的角度，凝視穿起白裙的女生，沿著樓梯向下走 — 寓意的是，有人決定留下，見證這個城市身邊的人陸續離去，在滿懷的不捨和淡然的悲傷之間，向遠行的人問聲：離開以後，妳還好嗎？

人生有不同選擇，你所選擇的和看見的，又是哪一樣呢？

願把這書送給我的最愛，無論將來你去到哪裡，但願你知道，我總會永遠愛著你。

Janine Miu

寫於二〇二一年初夏，我們所愛的香港

離開以後，妳還好嗎
——寄望夢想於今後

離開以後，妳還好嗎
——回到美好的最初

CHAPTER ①
這些年，我們都是他鄉之人

BY EDMUND

英國封城前的最後航班／上

二〇二〇年十一月，英國第二度封城，我早早安排回港的行程，變成最後航班，還差點上不了機，難道真是天意弄人？

英國再次封城，今次還加入了，除了工作性質及特殊原因，限制國民出境的辣招，不少人因為這樣而提前行程了。

在封城前的那一夜，希斯路機場像是又回復到昔日的繁忙，人流像潮湧，不同種族的朋友，大小細軟都帶上了，櫃檯職員也應接不暇，人龍很長很長。

是的，那天我也是其中一員，其實這是我在很早就計劃好的行程，機票也早早買好了，但又怎能預計變成了封城前的最後航班呢，其實人生也就是多麼的難測。

原來，返回香港的故事很漫長也不容易，回家之路漫漫，也只能如此。

一天路程，太多的抉擇

由二〇二〇年十月一日開始，由英國返回香港的任何人，都必須在登機前七十二小時，到香港政府承認的英國檢測中心進行檢測，一定要有陰性報告才能登機，登機前還要出示十四晚的酒店證明。

英國認可的檢測中心每次檢驗大約£170至£300左右，不一而足，但每次檢測，都需要二十四至四十八小時才能得到報告。但在十月中旬左右，希斯路機場推出了檢測服務只需要£80，這檢測報告後來得到香港政府確認，而這服務的等候時間只需要一至一小時半。

問題就在於，我的航班是由曼徹斯特-希斯路機場-香港，我曾查詢英航，我必須在曼徹斯特登機時已經要準備測試報告及酒店等所有文件，所以我當時的決定是先在曼徹斯特做檢測。

結果我在出發到曼徹斯特機場前，仍未收到檢測報告（這又是另一個故事），於是我唯有先在網上預約希斯路機場的檢測，但當時的預約時間只剩下下午六時，而當晚英航到香港的航班是下午九時，時間上真是不足夠。

計劃趕不上變化

我的計劃是，我的內陸航班已經 check-in，所以決定不帶大件行李，當到達曼徹斯特機場時，直接經過安檢後登機，估計到達希斯路機場後，只是下午五時左右，因毋須等候取回行李，可以立即到檢測中心，希望可以提早測試。

是的，計劃往往趕不上變化，前半部總算成功了，但結果是內陸航班延遲一小時，而且也是人滿滿的，預計到達希斯路機場時已經接近下午六時，還未做檢測，數字上是趕不上，想了一想，我還是踏上內陸航班。

是的，放棄從來不是我的選項。

故事還在繼續。

英國封城前的最後航班／下

到達希斯路機場時已經是下午六時，英國－香港的最後航班是晚上九時，還未做檢測及等候報告，英航已預先通知，因特殊情況，乘客必須在三小時前 check in，是的，客觀上我是應該趕不上。

但我從不是輕易放棄的人，決定努力到最後，我下機後立即趕到檢測中心，然後發現整個檢測中心排滿了人，不少都是趕著返回香港的同路人。

唯有繼續耐心等候，就在這時候被讀者認出了，記住我是披頭散髮而且戴著口罩啦，亦跟不少香港人傾談起來，我們面對的困難是，沒有正式的檢測報告，是不可以 check in，我開始想到，可能真的趕不上登機了。

輪候檢測時間大約四十五分鐘至一小時，然後還要再等一個半小時，數字上我是不能登機了，像我這樣的香港人大約有三十人左右，大家都心急如焚，因為航空公司已經表明，今晚以後會取消大量航班。

回家之路漫漫

時間有時真的很難過，就在我們苦苦等候檢測報告時，檢測中心職員表示已經聯絡英航，並表示會等候我們的報告才關閘，終於看到了希望，當然，還要希望測試結果是 Negative。

終於，差不多晚上八時多取得檢測報告，立即急步到達英航的櫃位，方才發現還有很多人還在等候 check in ，其他航班也是一樣，後來再看看，沒有足夠的職員處理大量的乘客。

在這裡等候個多小時的期間，跟不少香港人攀談起來，各有各自的小故事，大家雖然從不相識，但人在外，用著香港人的語言説話，閒話日常互相幫助，也是很好的經歷。

有在愛爾蘭趕返香港的一家人；有每逢學校長假期也到英國探望孩子的好媽媽；有剛在今年初才到英國工作的年輕人，抵英短短十個月就遇上兩次封城。

以後，還可以自由往返香港嗎

最後在晚上十一時左右終於登機了，心才定下來，因為我們都不知道，航班最後會不會取消，折騰了差不多十二小時，很倦很倦，始終年紀也不年輕了。

當航班飛越希斯路機場時，我在想，還有多少次可以自由的往返香港呢，下次的歸期又會是何時呢，越想只有越遠，終於也睡著了。

最後，十三小時後航機在香港上空徘徊，望著我所愛的香港，想到香港的現況，跟我五年前離開時，已經是天壤之別。

卻原來到達香港後，還有更大的挑戰。

要書寫香港的故事，從來不容易。

就在希斯路機場排隊檢測的途中，給讀者認上了

在香港機場排隊等候檢測，足足用上了六小時

離開，是為了回來

二〇二〇年十一月，我低調地返回香港，也沒告訴太多人，十二月初安全回到英國，之前篇幅已經講述了在英國乘機回港的種種經歷和故事。現在接著要說的就是我回到香港後，我的所思所想，先不說一離開機艙就被通知行李到不了，原來，噩運還是被纏繞著。

二〇二〇年七月的經歷

跟我在二〇二〇年七月回港的情況不同，上次我們在機場做了一些簡單的登記工作，戴手帶以及發出檢疫令都是很快捷的完成，很快就被安排到亞洲博覽館作檢測，然後就是坐著等候，雖然花上了八小時才知道結果，期間也只是有一份冰冷的三文治及一支水作為充飢用途。

二〇二〇年十一月的惡夢

比對上次，這次到達香港後的檢疫程序實在很難受，我們被安排在機場，還未入境時，已經要花上了五至六小時，排不同的隊伍，檢查 Apps 要排一次，戴手帶也要排一次，登記什麼什麼也要排一次，還要作出兩次的檢測，當然又是要排隊。

還有就是，未入境時，我們已經要再作一次 security check，究竟又是為了什麼呢？

是的，乘搭了十多小時的航班，加上在登機前為了測試作出的折騰（可以看之前的文章），已經很倦很倦，還要站著花了五至六小時，排不同的隊，而相關人員的態度確實不好，不斷以命令式的指示到港的人隊排這排哪，像城管，也像是我們是犯罪似的。

航班大約下午六點左右到達香港，最後我終於在深夜十二時多才正式入境香港，大約在深夜兩點前左右，乘搭專用車輛到達青衣的檢疫酒店，雖然只是居住一晚，但這酒店的衛生情況已經給不少人垢病。然後，翌日早上被通知可以離開酒店，才帶著疲乏的身軀乘搭的士到達自己預訂的隔離酒店。

在香港的情況不詳細說了，只是覺得二〇二〇年我先後三次回到香港，疫情都會突然爆發，情緒也不好，因為香港的情況實在每況愈下，尤其是七月後，更加明白到香港已經回不了頭。

要書寫香港的故事，從來不容易

於天國再會亦能拾回前塵

二〇二〇年十二月某天某夜，我又再度漂泊，回到英國了，但我還是會掛念著香港的某某，香港給我的所有所有回憶，都已經放在我的潘朵拉盒子，再也抹不去也忘不了。或者我終於明白到，「離開，是為了回來」這句説話背後的思念和沉重，但我也不肯定，下次再回來又會是哪年哪天在哪模樣的香港了。

你妳您你們大家都要保重。

聽說你今天到達一個地方

二〇二〇年十二月上旬，某個初冬的早上。

終於，由香港再次回到英國，更加感受到的是，自由的可貴，在香港登機前的一刻，也有想過可能會離不開，朋友問我下次的歸期，我默然，原來五年過去了，香港更加沒有然後。

在香港機場見到一些朋友，又或兩老跟一家大小影相留念，然後登上英國的航班，應該都是準備以 LOTR 入境英國吧。這兩天見到有香港人以 LOTR 入境英國，遭到海關「留難」的網上帖文，因而引發一些爭論，是對是錯，不說了。

我想說的是自己的經驗，自從二〇一六年以企業家簽證移居英國開始，我每年都會往返香港英國三或四次，所以這幾年我以 BNO 入境英國至少有十多次。

先簡單說說企業家簽證（Tier 1 Entrepreneur Visa），我們必須要在簽證的第一階段（三年四個月）在英國投資二十萬英鎊，包括聘請兩個本地人（至少有永久居留權）不少於十二個月，三年四個月續簽後，生意仍必須營運，仍然要聘請兩個本地人十二個月，別忘記，我們的簽證費，

每人每次都不少於千多英鎊。

作最好的準備，作最壞的打算

我每年往返香港的三或四次左右，但每次入境英國我都還是戰戰兢兢，因為關員都會問上很多問題，例如到英國做什麼職業、什麼生意、住在哪裡、上次何時離境、準備在英國停留多少時間等等，他們滿意了，才會按下我的入境印。

無論哪一次，我到達英國時無論飛行了十多小時，已經很倦很倦，但我都會盡量保持笑容，多數入境時都是在早上，我都會說一聲 Morning，入境時問的有關問題，都絕不會 hea 答，因為我知道，他們絕對有權力拒絕我入境，然後我花了幾年時間的移居計劃以及百萬計的生意也就泡湯了，居留權那就當然沒有了。

其實只要往網上找找，以往英國海關拒絕 BNO 入境也不是罕見的事情，所以真的不要以為這是必然的。

「作最好的準備，作最壞的打算」從來都是我整個移

未來仍然遙遠，有著無窮疑問

居的座右銘，從二〇一六年香港人在英國專頁開始，我都不會只是說英國的好，我寫得更多是在生活、文化、工作、營商、適應上的種種衝擊，若果接受不了，相信亦很難長住下去。

回頭可能已是百年身

我們更加要的是了解本地人的本土文化，而不是將香港人的某些習慣（你懂的）搬到英國來，有報道說有朋友想在英國建立香港城，香港人群居此地，我都一笑置之，只會說一句，不了。

我還是希望在生命走到最後時，可以回到自由的香港，在那年那天在那裡相擁相抱，抹乾眼淚高唱那歌，雖然我也知道，再回頭可能已是百年身。

補遺

① 大家仍然可以選擇在自由的國度生活，已經是萬幸，不要忘記這是很多很多年輕人，用上血與汗及青春，換來了其他人一個自由的機會，希望大家都要珍惜。

同路人，別放棄

二〇二一年一月十五日，寒冬。

這幾天的曼徹斯特，濕凍陰天，零下氣溫，下午四時多天黑，就是我們冬天的日常，這情況由十一月下旬月直到翌年三至四月也是如此。

是的，英國的冬天從來都令人鬱結。陰沉的冬天再加上 national lockdown，市中心大街人很少，這些日子不知還要待多久。

封城下的經營困難

今天收到企業家簽證的同路人電郵，訴說在整整一年的疫情期間，生意經營十分困難，完全入不敷支，站在移居路上的十字路口，進退兩難，徬徨無助……

我們這幾年以企業家簽證到英國的同路人都很清楚，在英國生意經營的難處，都是有血有淚，而且內政部審批續簽十分嚴謹，我們最壞的情況是，用盡二十萬英鎊後，續簽失敗，簽證到期，被迫回港。

收到電郵後，呆了半晌，有點無奈，也有點不知怎樣回覆，但我明白，在這一刻，同路人的支持是最重要的，我原本已經電郵回覆，但郵箱爆滿，電郵打回頭，所以唯有在這裡回覆，如下：

英國封城，像《28日後》

毋忘初心　堅持下去

「同路人，你好！

我認識的 TIE 朋友，在疫情期間生意都在艱苦經營，我也如是。

如果你跟著是做續簽的話，建議在 personal statement 內，不妨說明在疫情期間，生意經營的困難，以及嘗試解釋在營運上作出的改變。

當然，如果可以的話，轉為 BNO 簽證也是另一個選擇。

毋忘初心，記緊我們為什麼來到英國，追求的又是什麼。

希望你能一切順利，別放棄。

瑋思」

CHAPTER②

那些年，寫不完的故事

BY JANINE

無論世界怎樣變 始終要抱著希望

二〇二〇年七月，天氣好像一天比一天熱，在街上路人匆匆而過，彷佛各有心事。

其實我都一樣。

七月份是我等待了好久的一個月份，原因，是我籌備多時的新書，終於要出版了。得到出版社的厚愛，為我專門在書展期間安排了兩天的簽書與分享會。我滿心期待終於可以和一眾朋友見面聊天，殊不知就在書展正式開始前幾天，卻收到了書展會被延期的消息。

期待多時的分享會沒有了，和大家面對面傾談的機會，也不知道甚麼時候才可達成，其實我的失望不比大家少。但疫症來臨，許多事情未能如願，既是無奈，但人生往往如此，亦只能接受。

無論世界怎樣變，你，又會抱著希望嗎？

一年嘗盡言苦與甜

回望過去一年，世界彷彿因為疫症亂了套，而香港人要憂慮的事就更多，七月以來大家對於是否要離開這件事又有了新的衝擊，BNO平權一事引發了相當多的討論。對我而言，更是有掙扎，也有感動，既有哀傷，也有喜悦。

掙扎，是因為過去這一年的工作和生活，都起了很大的變化。踏入去年夏季，隨著BNO visa的公布，整個行業和市場有了很大的變化，作為創業者和領導者，在不確定的環境裡做確定的決策，是一大挑戰。

感恩的是，這路上一直有著扶持，雖然不敢説做得很好，但今年所經歷的一切一切，重新讓我反思創業的初心，讓我更了解自己的公司、自己的團隊和方向。踏入年底，我重整了公司的架構，從企業管理層到前線的同事、業務發展到客戶服務，希望未來，能夠繼續為大家提供專業、可靠、誠信的優質客戶服務。

感動，是仍然有寫作的本能。自三年前出版了第一本書後，圓了我的寫作之夢，曾經有一段日子我以為自己不能再寫下去。沒有想過，去年能夠再次出版第二本書，繼而得到了英女王的回信。

仍然在呼吸都應該要慶賀

今年，在瑋思的鼓勵和啟發下，繼續完成了我們的第三本作品。直到現在，偶爾仍有讀者會告訴我，曾經被我的故事感動，從而走出安舒區，勇敢去追夢。容許我衷心説聲謝謝，謝謝你們仍然閱讀著我寫的文字，未來的未來，我仍希望繼續寫下去，寫我的故事、你的故事、生命的故事。

哀傷，是看見社會上的情況，人與人關係的破裂，以及生命的短暫。前一陣子，婆婆進了醫院做手術，仍記得那天，我懷著沉重的心情，獨個兒去到醫院。到了病房，看見婆婆躺在病床上，剛剛做完手術的她，身體很虛弱，傷口仍在出血。

不知怎的，看見眼前的一幕，我不禁流下了淚水。婆婆跟我説，她的傷口很痛，很辛苦，我沒有説什麼，只是伸出雙手，緊緊抓住她的雙手，希望掌心的溫暖能為婆婆帶來點點的安慰。

那個黃昏，我一直坐在病床旁邊，牽著婆婆的手，想了很多很多。那一瞬間，突然覺得自己所面對的種種困難和挑戰，原來都不是什麼，只要活得快樂，活得健康，就好了。

喜悦，是因為縱使困難重重，但我們仍然有著盼望，仍相信著黑暗過後，黎明定必來臨。但願，我們帶著過去種種的反思、掙扎、感動，即使是在最壞的時候，仍抱著希望，不輕易地向困難屈服，期盼著對未來的美好。

英女皇的回信

七月的炎夏，BNO 簽證方案公布後的翌日，我如常回到公司，處理著當天的工作，準備著第一次的 Facebook 直播。這時候，辦公室的門鐘響起，原來是郵差先生為我們送上當天的信件。只是，今天的信件似乎有點不一樣。

細細望著那淡淡米黃色的信封，跟窗前透進的陽光有著和諧的呼應，上面貼著英國的郵票。我小心翼翼地用開信刀打開信封，抽出信件的同時，回憶湧起。

記得大約九年前，有一次，跟隨法律學院 Middle Temple 到 Cumberland Lodge 進行模擬法庭訓練。那個星期天，我隨大夥兒一起在 Windsor Great Park 散步，走著走著，眼前呈現的是 Royal Chapel of All Saints，我跟著一起走了入教堂，一起唱聖詩，一起安靜默想。

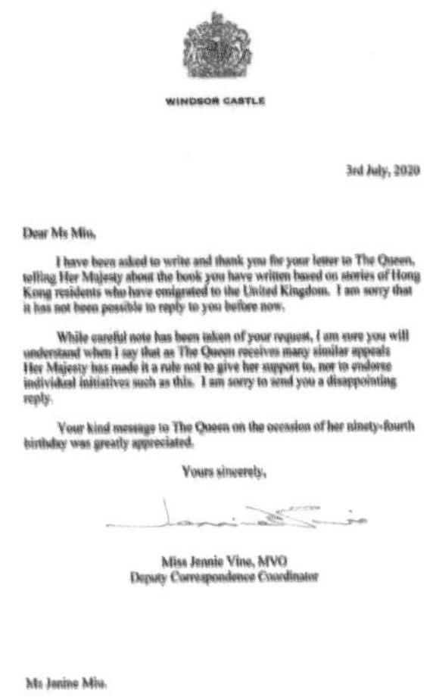

WINDSOR CASTLE

3rd July, 2020

Dear Ms Miu,

I have been asked to write and thank you for your letter to The Queen, telling Her Majesty about the book you have written based on stories of Hong Kong residents who have emigrated to the United Kingdom. I am sorry that it has not been possible to reply to you before now.

While careful note has been taken of your request, I am sure you will understand when I say that as The Queen receives many similar appeals Her Majesty has made it a rule not to give her support to, nor to endorse individual initiatives such as this. I am sorry to send you a disappointing reply.

Your kind message to The Queen on the occasion of her ninety-fourth birthday was greatly appreciated.

Yours sincerely,

Miss Jennie Vine, MVO
Deputy Correspondence Coordinator

Ms Janine Miu.

淡黃的信紙，盛載著溫暖

教堂偶遇女皇

那是我第一次在英國參與崇拜，也是第一次，見到英女皇。後來我才知道，原來英女皇偶爾也會在那裡崇拜。能夠遇上，實在難得。畢業後在英國工作了幾年，然後再輾轉回到了香港。這幾年間，曾經跟大家一樣，走在街上，見證著時代的改變，也見證著香港人或去或留的掙扎。

後來，我的寫作之夢成真，出版了第一本的作品。兩年後，我在瘟疫蔓延時，寫下了同一系列的第二本書，記錄的是一個又一個香港人移民英國的故事。第二本書差不多完成之際，我特意邀請了幾位朋友給我撰寫序言。這時，我想到了她，心想，如果她可以知道，這些香港人的故事，那就好了。

只要相信 便會看見

於是，我決定給她寫信。信件寄出的一刻，我的心裡是抱著期望的。可能會有人覺得這個想法很傻，但我卻是由衷的相信，會有這樣的可能性。就像許多香港人一樣，在艱難的時代，仍然相信改變的可能。

結果，經過三個月，我竟然真的收到回信，既是感動，也是感激。負責協助女皇給我寫回信的女士在信中提及，雖然女皇沒辦法親自為我的著作當推薦人，但仍感謝我的來信。

我執著那淡黃的信紙，凝望著中環繁華的街道，想起了那句歌詞，原來，只要相信，便會看見。

愛，如果走得夠遠

夜靜悄悄降臨，中環繁囂的街道上，人來人往，來去匆匆，彷彿每個人都有自己的心事。而我，也一樣。

隨著 BNO Visa 的推出，申請的條件相比以前的移民途徑寬鬆得多，儘管如此，卻仍是有人歡喜，有人煩惱。決心一家人一起走的早已做好了準備，第一時間入紙申請，甚至有些已經提早過了英國，這些人們倒是沒有太多煩惱，只需把精神都用來迎接新生活。

故事的無奈

仍然在香港的，有些卻猶豫不決，而且各懷心事。最近接觸的故事特別多，許多的家庭裡面

Everyone we meet is fighting a battle we know nothing about. Be kind, always.

一個想走，另一個不願走。有時候不想走的是男方，有時也可能是女方。希望留下來的原因有很多，可能是放不下事業、又或多年建立下來的人脈和生活圈子，也可能是個別的一些事一些情。

可能大家會問，BNO Visa 的條件已經很寬鬆，為什麼有人仍然要堅持用太空人的方式呢？以前我都不太明白，而且總是說不鼓勵這做法。但隨著近來接觸這樣的個案越來越多，差不多每一天，都有客戶來到會議室，跟我訴說他們的家庭狀況。

曾經有客戶分享，去年政策剛剛推出時，說好了一家人要齊齊整整一起走。大家滿心歡喜的為移居英國作準備，找地區、看學校、看房子、買房子。怎料到了最後一刻，另一半突然說不去了。於是，有些申請人停滯不前，有些人房子都買好了，有些則已經填好了申請表格，約了簽證中心，有些甚至已經獲批簽證。但突然間，另一半說不去了，於是一夜之間，整個計劃霎時停頓。

從他們的故事當中，我看到很多深層次的家庭問題。婚姻的路不容易走，有人面對困難時，會決定無論如何都不放開對方的手，兩人決心一起走下去；也有人走了一段道路，發現分歧太大實在走不下去，繼而只能設法分開，再爭取小孩子的管養權和離港令等事宜。

聆聽就好

故事聽多了，有時候被牽引進別人的生命，我難免感同身受，沉沒在那些悲傷與感慨當中。人一路長大，社會生活過來，讓每一個我們都變得千瘡百孔。每個人都有自己的難處，都有自己的掙扎。別人不說的話，你永遠不會知道對方所面對的處境和難關，到底是有多大。

大道理人人都會講，但真正發生在自己身上，又有幾多人可以理智得不受任何傷害地做痛快的決定？

從聽著每一位他們的說話，我一直也在學習和成長，也藉著這個機會跟大家分享我所學到的這一課堂，瞭解到每個人都會有屬於自己的故事。我們知道也好，不知道也好，都不用急著向別人指點說教，尤其是對於我們所重視的親人或朋友，或許可以做的，就是默默在旁支持，不必多說半句以為有用的話。

經歷著如此艱難的時代，我們在工作、生活、經濟、家庭、感情都必定有挑戰要面對。但願每一位香港人可以得到幸運的眷顧，拾起信心走出重重難關。

"Everyone we meet is fighting a battle we know nothing about. Be kind, always."

最好的安慰方式

房間內沒有聲音，掛鐘分針清脆地走了一步，空氣彷彿凝結了。這段日子以來，會議室裡總是輪流轉著不同的人，各自述說不同的故事。

當中，有人徘徊在離開或留下來的掙扎，有人徘徊在一段關係的結束與新生活的開始，有人停留在理想生活與現實關係的落差，然後有人決定勇敢向前，有人卻駐足停留。

別人的故事

許多時候，因為我們都沉默下來；對方沉默，把一段過去好好地說了出口；我沉默，是因為我懂得這時候需要做的不是安慰，而是傾心聆聽。

這些年來，我聽過許多故事，如果你問我學懂的最有用的是甚麼？我會說，就是靜靜地聆聽。講故事的人之所以願意向我訴說內心種種，是因為我知道，他們只是想有個人願意陪伴在側，讓他們可以好好地把故事講完。

移居的路上，每人都有著不同的安排，因為各有故事，別人不應該也沒資格去指點，即使是建議也沒有太多意義，真相與實質的考慮，只存在當事人的心中。

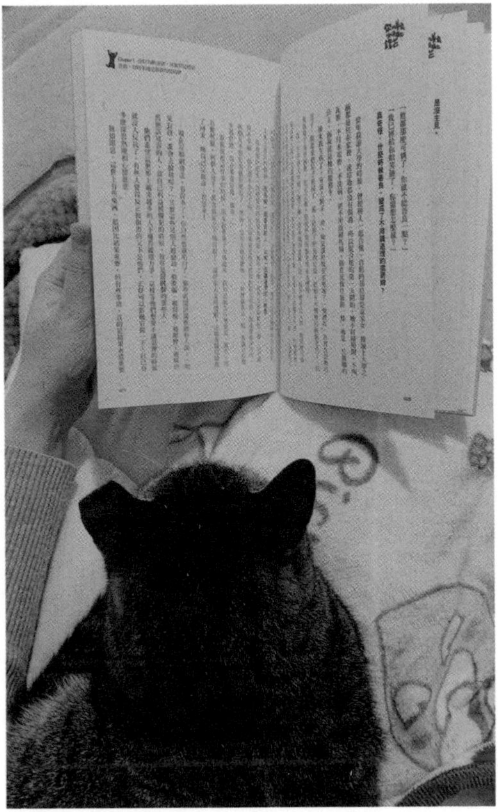

無聲的陪伴，就是最好的安慰

快樂與憂愁

幸福快樂的方式總是最簡單的，但悲傷與憂愁的種類卻有千萬。每個人都有自己的過去，許多人在聽到別人傷心的故事時，會有種衝動去替對方想辦法解決，又或者是試著說一些話去讓對方感覺好過。

但其實這些都是沒必要的，因為你說的種種安慰說話，其實對方大部分都肯定已經反覆在心裡面思考過。在別人煩惱的時候，你以為只有你能夠一下子就把所有問題指出來，又或者以為自己三言兩語就可以解決對方的憂慮，都有點太理想化。

人們面對問題，大部分其實早已有答案，要走出困局，最大的敵人也只有自己。

以我工作上遇到的人們來說，移民路上的許多問題，講到底還是得靠自己，別人能夠幫助的總有限度。

如果你身邊也有這些面對著困難的朋友，或者就試著耐心一點聽他們訴說，告訴他們你會在旁邊支持他，也許這就夠了。

後來，我總算學會了

一天忙完過後，我最享受的就是晚上開著音樂的寧靜時光。喝過了溫暖的茶後，我仔細的把杯子洗乾淨，看著自來水從水龍頭平靜的流出，在杯子表面上沖起無數小小的氣泡，氣泡破了又聚起，那動態讓我出神。

自我小時候，在家裡就像現在很多人一樣都有工人姐姐照顧。那時候的我，連一個杯子都不會自己洗，起居飲食得到的照顧無微不至，而我的任務就只有好好地讀書，其他甚麼事都不必操心。要說是在溫室環境下成長的話，我不會否認。

這種日子一直到我來到英國上學後，幾乎可以說是遇上了 180 度的轉變。就像很多人一樣，一個人過來讀書，身邊莫講是工人，就連家人也不在，能照顧自己的，就只剩下我自己一個。

成長的歷練

那時候我在讀書以外，還開始自己學習做飯，買餸煮飯煲湯，由初時的笨手笨腳，到後來熟

人來人往的街道，過得好不好，其實只有自己知道

能生巧，那改變自己並沒很大意識，在家人眼裡也許足夠嚇他們一跳吧。

此外我還試過因為要搬屋，買了的新傢俬要自己砌，之前沒有想過自己竟能做到這些，但後來一邊做，才發覺那些事並沒有想像中那麼難。當時因為我住的是shared house，我還要負責輪流做家務，既要洗廁所，又要清理花園，跟我小時候的生活完全是兩個世界。

如果你問我，這些經歷的回憶是怎樣的？我會說是甜美的。可能你會覺得我好傻，但從這些細微事情裡，我連自己都察覺到自己的成長。從小時候甚麼都不會的小女孩，在經歷了英國生活後我變成了一個很會照顧自己的人。甚至於，如果沒有那時候的獨立磨練，也不會有我後來自己成立公司這份勇氣。

保持信念走下去

其實很多移民英國的朋友都會被別人稱為有著很大勇氣，這個我完全認同，因為移居一個這麼遙遠的地方，從生活環境、社會習慣等許多事你都要重新學習、重新適應。在香港待著，一定比起在英國開展生活讓你更易適應。又至少，再困難，你身邊都會有許多朋友和家人陪伴在側，但當你到了英國，所有事從頭開始，你有可能要單打獨鬥，那份決心和勇氣都不容易。

對於那些剛到英國的朋友們，我好想跟你們說，你們是「好叻」的，因為你們能夠踏出很多人都不敢踏出的一步。你們知道即將要面對的是多麼大的困難與那麼多的挑戰，但別害怕，因為許多人，就像我一樣，也曾經走過相似的路，而我們都把所有困難一件一件的克服了，重要的是你的信心。

我相信每一位香港人都是超人，你們能人所不能，只要好好的努力和保持信念好好走下去，你自然會驚訝地看到自己的成長。

CHAPTER ③
我的童話
情書　遺書

BY EDMUND

追憶似水流年

二月二日，今天是我的生日，卻憶起故友，就在數年前的這兩天，得悉朋友突然去世，就是一個人坐在電腦旁就走了，又怎不教人無奈呢。

原來我們這一代人開始面對死亡的到來。四年前我寫下「憶故友」，今天再看……似水流年。

記憶像鐵軌一樣長

心裡還是耿耿於懷，想起與曾凡斷斷續續的記憶。

跟曾凡認識至少二十年吧。一九九六年我還年輕，在出版社任職出版經理，面對政權移交心緒不寧，想為香港留下記號，找來曾凡、bone Lee 策劃《香港 101 - 愛恨香港的 101 個理由》一書，書未出版我就轉職，這書後來成為確認香港人身份的重要作品。到二〇一四年香港風雨飄搖，我自家出版社出版《我係香港人的 101 個理由》又是另一個故事。

二〇〇一年，我跟曾凡在《茶杯》周刊再遇，他做副刊，我是副總，終於有機會詳談，原來大家都有common friend，我們在舊機場的辦公室好一句沒一句的，茶杯周刊壽命不足一年，結業前曾凡有個無心之失，他拉我到一角，認認真真的説著，像告解，他説話不多卻真誠，如是這般，男人的友情就是這樣建立。

留下了，當初一切在懷念

我們還有多少日子

茶杯結業，各散東西，我在二〇〇三年輾轉到了《壹週刊》，期間要做一本 Life Style 特刊「生活良品」，找來曾凡幫忙，充滿《號外》影子，你還跟我說你的車、屋、生活、理想、文化，還有很多很多。

不多久，你到了《飲食男女》工作，在壹傳媒大樓撞面吹水是常識吧，有次你跟我說每星期同事票選最佳故事，多次當選，面露的是典型曾凡式得得戚戚陰陰咀笑，我還記得很清楚。

二〇〇七年我離開《壹週刊》，開始了自己的出版社，你偶爾還會上來吹吹水，忽然又沒聯絡了，只剩下 whatsapp/ messenger，原以為男人嘅嘢，唔使成日見吖嘛，但原來朋友係要見嘅，因為我們也不再年輕了，還有多少日子，who knows

——今天的你好嗎？

不用再記起怎去忘記

二〇二〇年八月下旬，初秋的某天。

我的曼徹斯特市中心辦公室附近，是個充滿文青氣息的小區，在建築物的圍板上，貼上了《花樣年華》的大型海報。

立即用手機拍下，又忽忽趕回辦公室，想了很久，雖然未必有很多人喜歡看這些文字，還是寫下來。

《花樣年華》故事開始在一九六二年的香港，報館編輯周慕雲與妻子搬進一棟上海人聚居的大廈，同時搬進來的還有年輕漂亮的蘇麗珍和她那位在日資公司上班的丈夫，電影故事就在他們身上糾纏和發生。

自以為有過的曾經

故事一直延續下去，直到周慕雲成為小說作家。然後搬進了2047號房間，開始寫小說《2046》，小說內容是，只要登上前往2046的列車，人們就可以尋回失去的記憶。

但吊詭在於根本沒有人能知道那記憶孰真孰假，都說是遺忘了，又怎會知道是否真實發生過呢，其實一切一切都可能只是自己期盼的曾經而已。

以往不大看得懂王家衛的電影，其實現在也不完全明白，但這幾年為了工作往返香港，國泰航班有段時間經常播放王家衛的電影，《東邪西毒》、《花樣年華》、《2046》看了好幾遍，可能是年紀大了，跟以往看的感覺也不同，也想得更多。

或者我們在每個階段都在成長都在改變，追求的人和事也不一樣，活到這個年紀，隨心而行也許是我們所願，別人喜不喜歡，也只能如此了。

堅持香港本土文化

最後，我想說的是，香港的文化、電影、出版、音樂等產業，從上世紀開始已經影響整個亞洲甚至歐美，我從來不信什麼香港文化已被邊緣化，直至現在也是如此。

我們雖然散居海外，但我總會提醒自己，有燈就有人，不要妄自菲薄，堅持正體中文、電影文化、廣東話歌曲，還有更多更多，無論去到天涯海角，一直傳承下去，直到香港那年那天的到來。

補遺

① 我最喜歡的王家衛電影卻是《一代宗師》。

②《花樣年華》《一代宗師》都有這樣的一幕，兩人的距離，這麼近又那麼遠。

兩人的距離，這麼近那麼遠

可惜，那秋天已別去了

十月下旬的某天，還有幾小時就到星期日的凌晨兩點，我們要將時間回撥到一小時前，長達五個月的冬天終於開始了。

這兩天只得幾度的氣溫，整天也下著毛毛細雨，也沒怎樣見過天晴，彷彿像在提醒我們，秋天已離開，冬天已經悄然而至。

香港有過的冬令時間

兒時在香港也有冬令時間，每次也會等到深夜時分，搶著將又大又圓的掛牆時鐘調教，感覺就像自己能讓時光倒流。但又不知從何時開始，香港也沒有了冬令時間。

記得那時候的香港，是只要在周末到維園，看著別人在放電動船；又或者在放學後，擠進鄰居家裡，看著電視卡通片都已經心滿意足的年代，然後又過了很多年，很多很多原來屬於香港的東西也悄悄溜走了。

那記憶，縱是苦也是甜

或者我們也希望可以像冬令時間，將時光倒流到上世紀七八十年代，那是最美好的香港，一個窮亦窮得快樂的時代。

當然，我也明白，香港已經回不了頭，惟有在思念從前的時候，悄悄打開，那已經放進潘多拉盒子，我記憶中的香港，如此而已。

那記憶，縱是苦也是甜。

英國秋天，漂亮但充滿愁緒

補遺

① 其實冬令時間只是將夏令時間調教回到正確的時間，但說到尾，什麼又才是「對的時間」呢？就像這幾年不斷有朋友問我，何時移居英國才是對的時間呢，或者很多很多事情，只有你只有我只有自己才會真正知道，什麼才是對的時間，只是你不肯面對而已。

② 還有沒有人像我那樣，今晚會靜靜地等待，為的只是親手將掛在牆的時鐘撥回從前，彷彿又回到到一個我們的快樂時代呢。

③ 標題又是香港的一首歌，一齣戲，一個年代，你們又記得嗎？

給自己的情書

那天曼徹斯特偶爾的大雪，我閉上眼睛，站在漫天風雪下，想起《情書》。

那些年，為了追尋《情書》的故事，不止一次來到北海道的小樽，為的，只是希望跟博子一樣，說一句：「你好嗎，我很好。」

回憶與情書

一封寄往天國的情書，牽動了兩段純愛故事，以往年紀還輕，以為《情書》只是說愛情，但其實，《情書》說的是回憶。

關於《情書》，導演岩井俊二在受訪時這樣說：「回憶是推動自己現在的一大原動力。一般人以為過去就是過去，現在是現在，兩者互無關係。

然而在某個時機，回憶起過去的事情，自然會發現一些過去與現在的連帶關係，反過來影響了現在的自己。」

過去與現在的糾纏

是的，每個人總有過去和回憶，我們要面對的，不止於當下的苦惱，更多是過去與現在的糾纏，要疏理清楚，也許已經不容易了。

我們都要接受自己的過去、接受自己的不完美，才能忠實面對自己，才能明白自己所想要的是什麼，這樣，才算是好好活著。

移居如是，生活如是，感情如是。

你好嗎，我很好

要是生離，抑或死別

徐志摩的文字我看得不多，但《偶然》是生離，《歌》是死別，這個我也是懂得，這兩篇在中學時選修中國文學時唸過，當時只知道文字很優美，訴說離別的苦，感覺卻不甚了了，是太年輕吧。

生離之痛，直到五年前持著單程機票離開香港的那天，方才明白。

最近忽爾重讀徐志摩的《歌》，痛得不能自已，想起我們曾經都有過的曾經，都是如影隨形擺脱不了，未來還能再見嗎？已經不由己了。

天國近了的那天

或者直到天國近了的那天，我也許會化作輕煙化

你又會停下腳步，細看身邊的小風景嗎

成天上的雲彩，默默守護著您。假若您願意記著我，又或偶爾想起我，只要您抬頭，我依然會向著您微笑，期盼您得到幸福。

要是您甘心忘了我，那麼我死了的時候，親愛的，別為我唱悲傷的歌；只要在我墳前讀一遍我為您寫過的文字，為您寫的書，千言萬語過後，將記憶灑落在天涯海角我們去過的每一個地方，然後徹徹底底的把我忘記，好嗎？

我心裡有過你

還牢牢記得《一代宗師》那一幕，宮二跟葉問見最後一次，終於說出「我心裡有過你」，兩人走過的最後一段路。不久，宮二就過身了。

這鏡頭跟《花樣年華》周慕雲／蘇麗珍那一幕異曲同工，但周慕雲／蘇麗珍是生離，宮二跟葉問是死別。

「這條路，我沒走完，希望你能把它走下去。」

我的心，在痛。

十年，還有沒有然後

以下文章我很喜歡，曾放在《擁有同樣寄望 香港人移居英國的故事》這書，我又略作了修訂，希望讀者不介意再看一遍。

＊＊＊＊＊＊＊＊＊

「我不看《十年》，十年太久了，根本朝不保夕；香港，再無然後了」。

二〇一六年初，我在自己的 fb 記下這段文字，然後買了沒有回程機票的航班，也開始了「香港人在英國」專頁。

十年，茫茫然渡過

「十年，茫茫然渡過，再也分不清彼此的差錯。」

香港最美好的上世紀八九十年代，有我喜歡的其中一首歌，蔡楓華的《十年》。我經歷窮亦窮得快樂的年代，然後成長在這璀璨都市，當時的説法是黃金十年，最後，卻失落在我們這一代。

是的，要創造一個安居樂業，人民有有歸屬感，可持續發展的國際都會可能需要一百年甚或更長，卻原來要破壞得消失殆盡，也僅僅只是兩三年的光景，根本不用十年。

十年之前

「十年之前，我不認識你，你不屬於我，我們還是一樣，陪在一個陌生人左右……十年之後，我們是朋友，還可以問候。」

最近聽的是梁朝偉幾年前在電影《擺渡人》重唱陳奕迅的《十年》，據説某國已禁了林夕的詞，這首歌可能再也聽不到，損失的只會是那些人。

十年之後，我們又會在哪裡呢

你可以說我不懂，我確實覺得梁朝偉演繹得很好，像在說著故事，說著一段十年又十年很無奈的感情故事。

我沒有看過《擺渡人》這電影，但有一句對白還是很認同：

十年太長

「十年太長，什麼都有可能改變；一輩子太短，一件事也可能會作不完。回憶永遠都在你背後，你無法拋棄，只能擁抱。」

是的，時間只是相對，沒有太長和太短，喜歡的話，十年十年又十年也是太短，不喜歡的話，一瞬間也嫌長。

有些事情，十年又十年我們還是要堅持和繼續下去。

這樣遺憾或者更完美

英倫銀行在二〇二一年三月公佈 £50 新鈔設計，鈔票人物是英國天才數學家 Alan Turing 艾倫圖靈。

艾倫圖靈在二戰期間率領科學家成功破解德軍密碼，令二戰提前結束，但因涉及機密，英國政府沒有正式承認這小組存在，艾倫圖靈直至死後，故事仍未完結。

二〇一三年十二月二十四日，英國司法部宣佈，英女王赦免艾倫圖靈在一九五二年因同性戀行為而被定的罪，艾倫圖靈得到平反。二〇一七年一月三十一日，The Alan Turing law 艾倫圖靈法案生效，近五萬名因同性戀定罪者被赦免。

電影《The Imitation Game 解碼遊戲》就是講述艾倫圖靈的故事，我想說的是……

你快樂所以我快樂

Benedict Cumberbatch 飾演艾倫圖靈，在五十年代愛上男人，不為世人接受，代價是被迫食藥調整荷爾蒙，結果失去解謎能力，最終自殺。

女主角 Joan Clarke 知道 Alan Turing 是同性戀後仍不顧一切的愛著他，她這句說話使我深深感動

We’re not like other people

We love each other in our own way

and we can have the life together that we want.

充滿遺憾的愛

你快樂所以我快樂，他們用自己的方式愛著對方，只想對方好好的生活下去，但到最後他們這份愛還是充滿遺憾。

或者人生不在於整全的完美，而是在於有沒有真正的努力去追尋，自己想要的生活，自己喜歡的某個，否則也只是白活一場。

對的時間對的人，真的不容易

思念從前是一種病

二〇二一年一月某天，早上又下了一場大雪，今年英國的冬天，是來了幾年下得最多雪的了，或者很多人會覺得下雪是很浪漫，但有時，卻倍添傷感和寂寞，又或思念從前，更是想念某個。

英國五年了，想念的還是香港。

過去五年，每次往返香港，就算只是短短三兩星期，但怎樣忙也會抽點時間到處走走，以往在香港錯過了很多，我很清楚。

被推土機移平的故居

但每次都會到的，就是我兒時在船街，已被推土機移平的故居，是思念從前，也是悼念。有次坐在故居的路旁，想到了老爸，就這樣哭了起來，淚水不止的流，像缺堤，仿佛要補回那年那天老爸去世後，為了堅強處理身後事，而少流了的眼淚。

香港，是故鄉，給了我太多太多的回憶，這些回憶不一定美好，我們都是成長在經濟未起飛的時代，沒有太多娛樂，還記得我們只是在船街，那長又高的樓梯上跑跑跳跳也能樂上半天。

鄉愁的無奈

或者我們身處世上每一個地方，散落在地球每一角落的香港人，要重聚已經變得愈來愈難，甚至是奢望。還記得五年前離開香港前自己暗忖：「離開，時為了回來」，總有一天我會回到香港，然後盡自己努力，希望香港能回到上世紀八九十年代的美好。但我現在知道，已經很難。

或者現在才明白，以往父母為了逃避某個政權，走難來到香港後，經常想著回鄉的感覺，這種「鄉愁」，現在我很清楚也無奈。

我是真的累了，想回老家

是的，思念從前是一種病，我真的想過在完成了在英國的事情後回到香港，我還有未了的事，還有未解的心結。

我曾經歷窮亦窮得快樂的年代

看到雪落時那種思鄉，已經開始不想雪這樣下了，只是在想，我又會在什麼時候才能夠回到我的故鄉呢？

或者，《一代宗師》宮二跟葉問道別的那句話說得對：

「人不辭路，虎不辭山。這些年，我們都是他鄉之人。我是真的累了，想回老家。」

當然，我也知道，最後，宮二客死異鄉。

回家之路漫漫，但我還是要走下去。

如有天，櫻花再開

二〇二一年三月最後一個星期日，經過五個月的冬令時間後，今晚深夜一時，我們又要將時間調快，就像失去了人生中的一小時。

這五個月的嚴冬過得真的不容易，英國經歷了兩次封城，失去了多少性命，香港更加失去更多更多，能不痛心嗎？

有沒有人又會像我一樣，今晚會靜靜等待，然後親自將時鐘調校呢，因為，那一刻，彷彿時間可以由己。

某個願望　那個約定

夏令時間不多久，曼徹斯特陽光燦爛，有二十多度的氣溫，家門不遠的教堂門外的櫻花又再開了，每年盛開的時間也只有兩個多星期。

英國的櫻花同樣很美

或者美好的光景雖然短暫，也像是告訴我們，寒冬終究會過去，春天來了，我們要好好珍惜。

還記起二〇一九年三月成功取得企業家簽證續簽後，四月到日本，任性的給自己一個假期，在放空思緒，隨心的漫步下，在新宿御苑遇上「平成」最後之櫻。之後，日本改國號「令和」。是的，有時偶然的相遇，更是忘不了。

看著曼徹斯特的櫻花盛放，想起兩年前的四月，在日本新宿御苑櫻花樹下，記下的某個願望和那個約定，似是昨日，我還是記得很清楚。

明日花，昨日已開

然後下半年的那場運動，到二〇二〇年開始的瘟疫蔓延，香港、英國以至整個世界都改變了，香港更加回不了頭，仿佛再無然後了。

原來只是兩年光景，已經恍如隔世。或者，這些都是給我們的試煉，天變地變，我們都要懷著信心，堅持下去，好日子也許還遠，但總會在前面。

如果能給我掌控時間一次，我會選擇回到上世紀，美好如昔的香港，那是我們對未來有著希望的時代，多好。

我跟香港的朋友約定過，我們仍會繼續期待，直到那天。

然而在某年某天，我也會害怕……

明日花，昨日已開。

CHAPTER④
你的故事。我的故事

BY JANINE

如果你記得 我們為了甚麼遠走

今天又如常地一直忙著回應著客人有關新 BNO 的查詢，團隊陪著我努力到下班時刻都沒有一點放鬆，我心裡面實在有點感恩，能夠有一班好同事陪著自己走過許多挑戰。

直到天色已暗，他們都回去後，我才有空下來細看一封來信。我不是故意延後回答，而是因為信的內容令我有一點感觸。

每個人都有自己的抉擇

信件是來自我較早前的一位客戶，她在幾年前選擇移民，主要原因跟很多人都相似，就是為了孩子的學業。從小就習慣了精英教育的她，無論小學、中學、大學都是就讀於名牌學府，畢業後考取了專業資格，過著大家看起來一帆風順的日子。

後來結婚生子，她開始時也相信同一套教育應該放在孩子身上。千辛萬苦催谷，孩子終於也進了她夢寐以求的幼稚園到小學。但孩子的情緒卻慢慢因為壓力而出現問題，這時她才意識到同一套的教育方式，未必適合每個人。選擇了到英國的原意，就是想讓自己的孩子可以在一個更自由、壓力更小的環境下學習及成長。

初到英國，她跟孩子也有過一段蜜月期，輕鬆的學校生活令孩子慢慢變回小時候那個快樂的樣子。到了小學五年級時，因為知道有 11+ 這個升中考試，她心裡告訴自己不要壓迫孩子，但仍然很希望孩子可以考上 Grammar School，於是她在不知不覺間又變得嚴厲了。

毋忘初衷 記著離開的原因

孩子的世界好簡單，情緒反應也很直接，家裡又變得像從前在香港那時候的帶著負面氣氛。還好這次她對問題察覺得早，跟我書信有討論過，電話也有談過。我並沒有給她一個很明確的建議，而是讓她好好看清楚自己的內心。因為我知道，其實大部分問題，當事人自己早有答案。

如果你記得，我們為了甚麼遠走？

那次的學習，讓她與孩子都有了進一步成長。孩子最後有沒有考上Grammar School？我不打算告訴你，因為那並不是重點，重點是，她懂得了體諒和信任之後，孩子也展現了預料之外的成熟與堅強。

又一些日子過去之後，她昨天再給我寫了信，信裡面再不是充滿許多的憂慮與煩惱，輕柔的文字旁邊，最重要的是一幅她和孩子的合照，照片裡面，兩人都笑得很開心。

成長，是因為孤獨歷練和挑戰

「英國現在天氣已經很冷。」朋友發來訊息。

「香港也已轉涼，是可以穿上大衣的季節。」我說。

那個閒話家常的晚上，她的故事在我腦內浮現。朋友是個來自香港的小婦人，這是她喜歡用來形容自己的字眼。

記得那年她丈夫決定移民到英國，她一心只是嫁雞隨雞要走便走。在香港的時候，年紀輕輕便已找到歸宿，因為丈夫工作收入穩定，自己有了小孩後就一直擔當家庭主婦的角色。她形容自己甚麼都不懂，在社會的工作經驗很少，甚至在家裡，因為有請外傭幫忙，自己其實沒甚麼事要煩心的。我笑說她更像個公主，她也不反對。

移居從來都是挑戰

移民之後的世界，對於她來說用天翻地覆可能有點誇張，但其實也與事實差不遠。在英國先是沒有傭人幫忙，事無大小由做飯到清潔，這些事情她也不怕做。最大的分別是丈夫因為工作關係有時要在外奔走，間中出差要幾天才回家，這時候她就成了家裡唯一的大人。

角色的轉變不在於工作多少，而是責任。沒其他大人在家，生活上所有應對事情都要自己來。駕車接送孩子和去超級市場買菜，也不是甚麼大挑戰。但有時家裡不時會有各種形形式式的事項，又或者問題，從前都可以推丈夫出去處理，現在卻每每要自己負責。

那年的夢想，實現了

一如各種家居維修問題，又或者是居住地區的好多種種政府政策與規條等，從前她都不太理會，但現在卻非事事親力親為去解決不可。最考驗她的，不是做這些任何的一件事，而是在做這些任何一件事時，都要由她去負責交涉、決定，而且她也沒有任何其他人在身邊可以給予意見，都要由她自己一個去考慮與評估。

我們都要長大

她笑說，即使當初孩子出世，因為身邊總是圍滿可以給自己幫忙的人，她一直都把自己當作小孩那樣率性。但直到來英國生活，她開始要面對許多細節，終於把她逼得變成了大人。

我們一直在聊，但我心底裡有句說話沒跟她說的是，我其實一直見證著她的成長。從前的那個她，在第一次見面時不過是坐在丈夫旁邊，聽我講解移民細節時並不特別認真像個大小孩似的，到這時的她，卻因為生活而煥發了一種智慧的美。

成長是因為孤獨，因為歷練，因為挑戰，於我來說，並不是壞事。

學好英文的條件

本來只是一個很普通的傍晚，但一天的尾聲，卻因為一個短訊而變得美好。

訊息由英國隔著天空與海洋傳來，寫訊息的人是我多年前的一位客戶。她是我眾多因為工作關係而認識，卻成為了親近好友的其中之一。

記得那年，她因為想讓兩個女兒到英國讀書，自己也申請了簽證一同前往。四年多前的回憶一一湧上心頭。她是一個怎樣的人？我會說，就像秋天的陽光那樣吧，相見時看似沉靜，但內心卻是爽朗又樂觀。那年她為了女兒而決心在英國開展新生活，把在香港的小生意搬到英國去，一切從新開始，但不見猶豫。

英文不能阻礙追求理想

讓我留下最深印象的是，她一直跟我強調自己的英文好差好差。其實對自己英文沒信心的客人我也有遇過不少，有申請人曾經跟我反映，因為害怕英文試，曾經一度考慮放棄移民英國。但

你，也會堅持下去嗎？

她對於自己英文不好，又願意如此勇敢面對的例子卻也不多。

她常說自己年輕時讀書不多，很早便出來工作，一直沒甚麼機會接觸英文。說她勇敢面對，是因為當初她決定做簽證申請時，便立下決心要把英文學好。每天看很多的報紙，又看很多英文電視節目，由初時看一篇新聞幾乎有一半的字不認識，到考 IELTS 成功申請簽證時，我看到她的進步實在非常明顯。

到英國之後，她在經營一家小餐廳的同時，工餘也很積極地投入社區義務工作。她告訴我最大的原因，是希望可以把英文練得更好，讓她可以更好的投入英國生活。

短訊的內容是講她成功在 IELTS Life Skills 的英文試中合格，連同 Life in the UK 也順利完成，接下來便可以正式的申請永久居留的身份。看到短訊我深深的被感動了，因為她為了生活，願意努力地克服種種巨大的困難，到了英國也沒有一直讓自己的心留在過去。

永遠不會太遲

現在我和她溝通時，很多時都是全英文的對答，而她的英文能力已經非常好。即使她有時還會笑自己的「港式口音」一輩子都改不了，但她卻是真的一點也不介意，因為在英國的朋友都說很喜歡她那充滿特色的口音。最重要的是，無論甚麼口音，她與朋友之間的溝通可以百分百沒問題。

她的故事是一個很好的例子，說明了英文並不是甚麼洪水猛獸，只要願意放開心去接受和學習，永遠不會太遲。

如果即將準備要到英國去生活的你，也擔心自己英文水平不好，記住好好加油，只要有信心和勇氣，沒有甚麼事是我們做不到的。

說不出口的猶豫

會議室的大門關上，空氣像是凝滯不動，他等了好久都沒開口。我沒有催逼他，因為我知道他在把勇氣一點一滴地凝聚。我知道，是因為他不是唯一的一個。

許多的猶豫不決，是因為難以啟齒，其中一個我遇到過不少的原因，是因為他們身上有著不可迴避的刑事紀錄。

很多人以為，有了刑事紀錄，就不可能成功申請移民英國，然而我卻可以告訴你，這並無絕對，因為英國移民局會考慮按每一位申請人的刑事紀錄詳情而作出判斷，當中考慮的包括有關案件的類別、犯罪日期、判處刑期，與及是否曾被判處監禁等。

刑事紀錄的烙印

根據移民局最新公布的法例，有關刑事紀錄的要求，簡單來說，如果申請人就以往的刑事紀錄，曾經被判處監禁，而監禁的年期是十二個月或以上的話，申請將會被拒簽。另外，如果申請人為無視法律的持續犯罪者，或所犯的刑事罪行引致了嚴重傷害，簽證也會被拒簽。

此外，英國移民局在考慮有關申請時，亦會考慮申請人的行為、性格、結社或其他原因，如果不利於英國的社會公共利益，其簽證申請將會被拒簽。如果申請人曾經有刑事紀錄，我們會建議，除了在申請簽證時申報有關的紀錄外，亦盡量提交有關申請人個人的良好紀錄證明，以證明其良好人格。

改過後再上路

在過去，曾經向我們查詢，以及我們成功協助申請移民簽證的刑事紀錄包括偷竊、爆竊、醉酒駕駛、危險駕駛、刑事毀壞、藏毒、販毒、妨礙司法公正、非法收受利益、管有製造虛假文書、自稱三合會成員、風化案，又或者是參與社會運動等。

英國對於有刑事紀錄的人並不會一刀切地拒諸門外，法例上對他們有明確的條件限制，在限制的範圍以內，申請人如果願意改過自身，而且有實質行動證

說不出口的……猶豫

明的話，對於申請會有一定幫助。

畢竟，人總會有犯錯的時候，如果犯過了錯，受到了應有的懲罰而又願意改過自身，甚至因這種經歷變成更善良的人，我會說這實在是件美好的事，你同意嗎？英國明白這道理，你又是否願意敞開心接受知錯能改的他們呢？

助人為，快樂之本

街外仍然下著雨，香港的天氣似還未完全準備好踏入秋冬季，但是英國那邊早晚時候應該已經很涼了。

晚飯過後我打開新聞在看，說到近日英國又多了人患病，醫院的壓力也很大，這時候我偶爾想起了一位朋友。她是一位很文靜優雅的女士，原本在香港醫院是位資深的管理層，早年已經移民到英國享受她的退休生活。

剛剛到英國時，因為要照顧仍在學的兒子所以生活還算忙碌。後來兒子進了大學後她就變得多了不少閒餘時候。那時候她間中會和我聊天，言談間偶爾會流露出一點寂寞。

一個人在英國的孤獨

丈夫早已不在身邊的她，堅強地兼顧了母親的角色與工作的責任，直到孩子能夠照顧自己，她也曾有一段短時間慶幸能夠好好休息一下。但就在兒子升了大學之後，她在所有負擔都鬆了之際，卻同時意識到自己還是有著足夠活力，退休生活似乎還未完全適合自己。她跟我說了一些想法，也分享了一個人在英國的孤獨。

她試過嘗試彈琴畫畫，但這些事卻未能填滿她的生活，期待兒子周末回家過夜彷彿成為了她唯一的寄託。我跟她談了幾次，後來我發覺她如果重新開始工作，也許對她來說應該是件好事。由於我知道她的經濟壓力不大，於是便鼓勵她嘗試去做義工。

她初時也有一點的懷疑，但抱著試試無妨的心態，便開始在網上尋找一些義務工作機會。不久後她便開始了在一些福利機構如老人院及醫院，做一些陪伴病人及老人家的工作。那些工作主要都是跟對方聊天，有時喝茶或者玩些小遊戲如下棋或是玩啤牌。

義務工作助人也助己

開始了做這些義工之後，我的這位朋友明顯比以前變得開朗，因為除了那些病人和老人之外，她也多了和在那些地方工作的職員溝通，也認識了好幾位新

朋友。這些朋友讓她由原本一個人的世界，帶到社區裡並認識了更多的人。

後來她跟我說，要不是開始了這些義務工作，她好像連自己有沒有移居到英國都不肯定。因為從前的她，除了跑跑超級市場之外，一天到晚都只是躲在家裡。現在她在社區裡認識了很多新朋友，間中也會出席一些小聚會，並在閒暇的時候，以自己過往的專業知識幫助有需要的人。

現在我們還有保持聯絡，但她找我聊天時再也沒有之前那種帶有寂寞的情緒。最近她還告訴我有家附近的公司想讓她全職幫忙，一邊說著她會好好考慮的同時，我都感受到她融入社區的喜悅。

其實我明白，是否有酬勞從來不是她所著眼的，反而是那種被接納和被喜歡的感覺，才是令她快樂的原因。

如果你也是身在外地，未曾完全融入當地生活，而又有一點空餘時間的話，我也鼓勵你去試一下當義工，應該會是個不錯的體驗。

CHAPTER⑤

我喜愛的，
都是那些日子

BY EDMUND

年關難過又一年

從小開始，一直都不大喜歡過農曆新年，除了父親經營的紙品廠會面對「年關」外，相信也是性格使然。

大除夕的年宵市場太多人，早幾天去貨品又貴，所以很多年前就索性不去了。拜年時長輩的問題很難回答，電視的賀年節目千篇一律悶得很，最後又只是自顧的吃那些難吃的全盒食物。

若你喜歡怪人

大學畢業後在傳媒工作，最喜歡過年返工，同事都說我是怪人，我卻樂在其中。是的，我從來都不是一般「正常人」，到現在也不是。朋友都知道，

曼徹斯特封城下的農曆新年

就算是好朋友聚會，人一多我就會靜下來。當然若是工作的會議也是會掛上笑臉繼續說下去的，但交際應酬可免則免了。

在英國都已經幾年，記得某年大除夕在倫敦唐人街，人多如旺角銅鑼灣，逛不夠一圈就走了，我應該是天然獨L。以往過年，我是寧願獨個兒走進戲院，毋須理會其他人，笑也好哭也好，一個人面對自己是多麼的真實。

給母親開年

還記得有一年，年初二我就自己一個人在灣仔乘電車到筲箕灣，然後再折返，錯過了叔叔的拜年，最後給母親「開年」是常識吧。

祝大家牛年平安，順心。

原來，第一天就錯了

大約十年前吧，我在嶺大修讀文化研究碩士課程，很多同學都是現職教師，不少都希望能夠在新增的通識科目內盡展所長。

他或她們可能原本是教授其他科目，為了轉職通識科，用了至少兩年時間修讀，當然還有學費，我們的課程是沒有政府資助的，所以學費絕不便宜，他們上課都比我用心，功課又好presentation又好，都準備充足，為的當然是希望在日後通識科上教好我們的學生。

像分手的怨言

只不過十年的光景，通識科壽終正寢，連科目名稱也沒有了，變成了「公民與社會發展科」，是痛心也是死心。那人還説，原來第一天就錯了，像憤憤不平的分手怨言。

那天收到消息後，跟往日的同學聯絡，回答説，自二〇一九年十一月十一日後，已經知道香港可能會發生任何事情，也回不了頭，我只感受到充斥著的無力感，再也無話可說了。

至於我，離開了理工大學社工系好一段時間後，再報讀文化研究碩士課程，又為什麼呢？

回望去，無後悔

記憶像鐵軌一樣長，我只記得，那些年，我毅然離開了工作多年，壹傳媒管理層的工作，並且開設自己的出版社，為的就是爭取自主自由自決。那些年，被日夜顛倒的工作抽乾了所有能量，忽然有天，覺得再沒有創作力和養份，我知道，是時候離開了，我從來都認為，個人的自由意志是最重要的。

如果時間能倒流，也許我也沒有這樣大的勇氣和決心。或者我們在人生某一段時間，總會做一些往後的自己也不明所以的事情，其實，也只不過是人生的其中，如此而已。

只要自己，回望去，無後悔，就好。

香港很美，你又有懷念嗎

放棄我的始終都是你

最近在我的 play list 經常播著的，是黃耀明的「邊走邊唱」，黃耀明曾經說過，這首歌的構思是來自作家白樺，發表在一九七九年的電影劇本《苦戀》。

劇本內最令人反思的是女兒問父親：「您愛這個國家，苦苦地戀著這個國家……可這個國家愛您嗎？」

離開故鄉的忐忑

黃耀明告訴了林夕這個構思，然後就有了這首歌詞，歌詞很沉重，說的是被迫離開故鄉的忐忑，幾年前我在決定移居英國的十字路口上，每次聽心都很痛，最後惟有悄悄將這首歌放到 play list 最後。

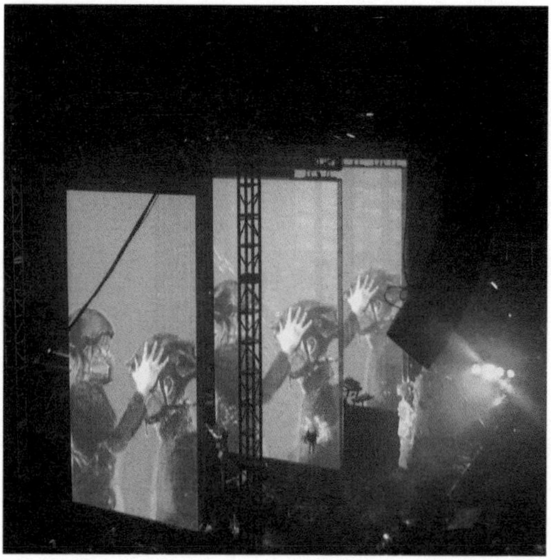

當天看到這個畫面，想哭

是的，這幾天回到香港後，又是風雨飄搖的日子，朋友問我，你千里迢迢返回香港嗎，值得嗎？我只想說，二〇二〇年七月我出版的書也說過，這幾年離開香港的其中一個遺憾，就是錯過了二〇一七年的「達明卅一」，我不想帶著遺憾走下去。

在環境不太理想，空間也不大的隔離居所，我呆呆地坐在惟一的椅子上，望着窗外密密麻麻的樓宇，像囚牢，然而，想了又想。

好好活著就似最初

其實我已經比很多失去自由的香港人幸運。或者，仍然在呼吸都應該要慶賀，也是對的，活著多好；活著，才有希望？但活著受罪但是又離不開，又會不會更無奈呢？

可能真的困著太久了，越想只有越遠。

最後的那場達明演唱會，又會不會遇到你呢，至少，大家可以一起呼喊著：「Stand with Hong Kong」，可能已經是香港人最奢侈的事情了。

只是希望你也可以，好好活著就似最初，僅此而已。

繼續去路　已斷退路

二〇二〇年八月，達明一派突然宣佈十一月中在香港開演唱會，當時疫情依然反覆，要回港關卡重重，最後我還是決定，懷著信心和決心，先在英國檢測，然後千里迢迢回來，隔離十四天，可能最後也只是我一個人去看，這又有何不可呢，因為可能真的沒有下次了。

我們，會再見嗎

二〇一七年移居英國後，因時間錯置而錯過「達明卅一」，耿耿於懷下，以《皇后大盜》其中一句「沙滾滾願彼此珍重過」寫下了當下的感覺。

二〇二〇年達明演唱會用了「沙滾滾願彼此珍重過」作主題，是巧合也是無奈，因為刻下的香港，已經沒法回頭了，或者我們真的要好好珍惜每一次見面，大家彼此珍重，因為，可能真的沒有然後了，終於，千里迢迢也趕上最後一場。

當晚精采的演出已經毋用再說，只想記下這些。

沙滾滾但彼此珍重過

黃耀明：「以往所有達明這樣優秀的編曲都是劉以達一手包辦，他充滿才華，並不只是搞笑。」觀眾的歡呼和掌聲很長很長，我見到劉以達低著頭，表情神傷也欣慰。

劉以達在整個演唱會過程主動換了幾次結他，有幾首歌的眼神仍然充滿凌厲。劉以達親自演繹的「晚節不保」，是我最喜歡的達明之一。

無論黃耀明或劉以達都不斷勉勵香港人，自主自強，不放棄不認命，劉以達更說到三十年前創作「天問」，就是那夜漆黑之後，劉以達比起任何一次都認真，也說得多。

中場間場音樂，以「今天應該很高興」配樂起始，由煙花/眾聲喧鬧，到催淚彈/警車聲，最後拉響空襲警報，腦海畫面重現，根本忘不了，音樂戛然而止，觀眾呼喊：「香港人加油」，眼淚也停不了。

如若還有下一次

黃耀明在達明一派演唱會上，說：「我哋唔好怕，怕就輸一世。」電影《激戰》，有相近的對白：「上得擂台，你就唔好怯，怯，你就輸一世。」

是的，這句話我在幾年前移居英國時，也是這樣勉勵自己，其實以下這段更加震撼人心：

「我仲有嘢輸咩？唔緊要啦！贏又好輸又好，啲嘢都番唔到嚟。」

「我呢廿幾年乜都無做過啊，我唔想到熄燈果陣，連一件值得記得嘅事都無啊！」

這竟然也是這兩年不少香港人的寫照。

觀眾一次又一次的呼喊口號，達明不忌諱的說出自己的感受，還有沒有下一次呢？記住，怯，就輸一世。

只希望，如若還有下一次，依然會見到你。

我們在自由的香港，再見。

不知道還有沒有下一次了

只是當時已惘然

早前看到報道說《潛行凶間》Inception 的結局，確認里安納度是回到現實了，有種釋懷，因為我知道放下很難，尤其是一段充滿回憶的感情，人生都是充滿遺憾，學懂放下，才能真正上路，或者迎來更好的。

是的，回憶既美好，但也無奈。無論是虛幻抑或是真實，也只得讓她過去，只是希望將來的路，能夠由真實的自己掌握。

莊生曉夢迷蝴蝶

當日看完電影後，在報章專欄曾經寫過這些，原來已經都差不多十年了，就像再看一遍十年前的我：

《潛行凶間》的意境與李商隱的《錦瑟》不謀而合：「錦瑟無端五十弦，一弦一柱思華年。莊生曉夢迷蝴蝶，望帝春心托杜鵑。滄海月明珠有淚，藍田日暖玉生煙。此情可待成追憶，只是

雪愈下，愈是思念從前

當時已惘然。」

李商隱用了《莊子》一則經典寓言，「曉夢蝴蝶」說的是莊周夢見自己化身為蝶而飛翔，竟忘記了自己原本的身分是「莊周」了，這寓言隱約說出了美好的情境，卻原來是虛緲的夢境。

此情可待成追憶

《潛行凶間》要說的，不就是「曉夢蝴蝶」一般夢境與現實的矛盾與掙扎嗎？夢境若是美好，又有多少人願意回到現實呢？主角里安納度狄卡比奧與太太過分的沉迷夢境，太太甚至再不想回到現實而最終自殺，希望永遠活在夢中。

里安納度因與太太的夢境「回憶」已殖入腦中，而衍生夢境與現實的深度困擾，不是「此情可待成追憶，只是當時已惘然」又是什麼？

一九八四年某月某日

每當心情不好，總是往電影歌曲書本裡鑽。

電影《愈快樂愈墮落》（一九九八）片末提到一九八四年九月十六日，正是中英聯合聲明草簽日，今天看回這片段，感慨良多。據聞二〇二一年香港某電影節再次播放這電影，座無虛席。

誰偷走了你的所有

電影最後，陳錦鴻與曾志偉對話是這樣的：

「一九八四年九月十六日做過什麼？真是完全忘記了。

好奇怪，一覺醒來，唔見咗很多嘢，又無緣無故多咗好多嘢。

就像有賊入屋，偷走了你的所有，又放回很多無謂的東西。」

而他們正在駛過青馬大橋，準備到機場離開香港，電影似已預視香港政權移交後的命運。

天空又再湧起密雲

是的，仍有幾多人現在還記得香港上世紀七十至九十年代的成就，以往教科書是這樣寫的：「香港是國際大都會，與紐約倫敦並列。」主權移交後已自我調整為「亞洲國際都會」，到了現在只要某國省市，甚或不如。

電影最後結尾曲是黃耀明版本的「暗湧」，深邃沉鬱得既無奈又傷感，我是很喜歡很喜歡，到現在仍在聽，但還有知音人嗎？

「仍靜候著你說我別錯用神，甚麼我都有預感。

然後睜不開兩眼看命運光臨，然後天空又再湧起密雲。」

那次回港經過這一段路，也想起了電影那一幕

告別我們的年代

二〇二一年，四月九日上午。英國皇室公布，菲臘親王離世，享年九十九歲。

BBC立即中斷節目，改為播放國歌及菲臘親王紀念特輯，倫敦白金漢宮隨即擠滿悼念的市民。政府宣布，全國哀悼八天，皇室哀悼三十天。喪禮於四月十七日舉行，電視直播，全國默哀。

哀悼我們的時代

我在曼徹斯特，在四月九日下午，曼徹斯特市中心已經有不少悼念菲臘親王的告示，教堂亦下半旗致哀，英國大部分電視台及電台都改為播放菲臘親王的特備節目。

相信不少在殖民地年代長大的香港人，都會有點哀愁，雖然大家都明白，九十九歲了，那天總會到來。

或者我們哀悼和緬懷的，不只是菲臘親王，還有是我們成長的年代，一個一去不返，我們簡單而快樂的年代。還記得年紀還小的時候，皇室定期總有種種原因訪港，掛著的都是親民和謁的微笑，或者這種親和力，對於我們舊香港人才會明白。而菲臘親王更是訪港最多的皇室成員。

對未來的希望

那個年代，香港還不算富裕，但我們快樂，因為我們有一個還算公平的社會，使我們安心的成長和學習，更使我們認識到這個世界有多大。最重要的是，我們對未來有著希望和憧景，這是那個年代賦予我們繼續前行的原動力。

現在，我們還有嗎？

我們緬懷的不只是菲臘親王，而是那個年代的美好

CHAPTER⑥
曾某年某一天某地

BY JANINE

你快樂，所以我快樂

升降機關上門，望著數字一直在下降，我稍微鬆了口氣。此刻的我站在辦公室大門，剛送別了一位客人。

這一年來，工作忙到自己有點不能相信，但如果你問我，每天最花精神的工作是哪部分，我相當清楚。查看文件、撰寫計劃、追貼政策等等，這些工作煩人，但不煩心，像是一加一等於二，你肯花時間就能解決得到。

某個人的每個故事

平時我最花力氣的部分，是聽故事。是的，每個上來找我幫忙安排簽證的客人，各自都有自己的故事。這些一個又一個的身影，對我來說，並不是一個一個冷冰的檔案。

每一位他們上來辦公室，我們坐下、聊天，講述政策規定與種種手續安排的事情，其實都不複雜，畢竟七年來我們團隊天天都在做著這些事，即使條例有更新，也能駕輕就熟。

但客人卻不一樣，他們總是懷抱著不同的目的，或是理想。有些人想要尋求的是光明的前路，或追求自己的幸福；有些人想要的是家人的歡愉；也有些人是為了逃避一些不想面對的過去。

寄望夢想於今後

這是我的工作，也是我的願望，就是藉著幫助其他人去尋找他們的快樂，並讓世界變得更美麗。我說到最花精神的工作，是聽每一位他們的故事，但這樣花精神，卻同時是我所享受的。尤其是在每次知道自己能夠幫助到有需要的人，我的工作才更顯價值。

今天送別了客人，我之所以鬆了口氣，是因為她到來時，於述說自己的故事時難以抑制當中的悲傷。但我花了好多的時間，去開解、去建議、去鼓勵，然後在她離開辦公室的時候，我終於能夠看到她帶著釋懷的微笑。

我要求的不多，因為很早就明白到，最易獲得快樂的方法，就是盡力去令到其他人快樂。

生命就像砌圖，你又砌到哪一塊呢

來這年這一天這地

下班時份身邊的人們都行色匆匆，一陣秋風吹過頸畔，帶來一點涼意。我不禁停下了腳步，望著這個我所愛著的城市，同時想起另一個我深愛的城市。倫敦這時已經深秋，是可以穿上大衣的時候了吧。

那時候到英國上大學，大部分朋友都在畢業後陸續回港，選擇繼續進修的我，因為剛到倫敦時認識的朋友不算多，也沒有家人陪伴，初時與寂寞作伴，尤其是在寒冷的日子，特別教我思鄉。

移居的孤獨感覺

在一個陌生的國度開展生活，想要一時三刻就習慣並不容易，好多生活上的習慣需要改變，即使思緒團團亂轉，旁邊要找到個人能聽你傾訴也不容易。

緣份無法解釋，而我走上信主的路，只不過源起於一次偶爾經過倫敦的特拉法加廣場。當時見到教會有廣東話崇拜，那一刻的好奇把我帶進了一個全新的世界，那時我不過想隨便走進去看看，結果沒料到就這樣認識了一班朋友。

當時很多香港人留學生和職青都有參加教會，是個很好的支持網絡。團契的兄弟姊妹對大家互相之間總是很關顧很熱情，喜樂時有人共我一起分享；遇上困難或挫折時，也有人與我一起禱告、一起分擔、一起同行。我後來也在這教會信主和洗禮，而當時這班朋友也一直陪伴我走過很多人生的轉折點，甚至至今回到香港我們仍保持聯繫。

從我自己的經驗去看，初初到英國，在沒有很強的人際關係網絡前，我們總是會有感到孤獨的時候，在遇到困難時，一個人去面對會覺得很吃力。即使身邊有很好的伴侶，也未必每每可以解決到那種恐懼與無助。我當時進了教會讓我得到了很大的幫助，但其實無論你是否有信仰也

想飛，又能飛得多遠？

好，試著去找一些當地團體去加入，總不會是件壞事。

同行有你走每一段路

像我返教會，又或許找一些義工團體、興趣班、運動體育會等等，按你的興趣與喜好，讓自己一個面對多些其他人，包括本地人又或者同樣是來自香港的朋友也好，總之就是讓自己多點見人，不要把自己收藏起來。這樣對於你接下來要建立的社區人際網絡也好，對於你自己的心理健康也好，都會有正面的影響。

這世界上最強壯的人，也不可能永遠一個人走每一段路，在英國既然要展開新生活，就好好讓自己投入新的環境，認識新的朋友，你必定會更快適應，也會更快的找到更好的生活質感。

就算翻天風雨蓋過我

天色有點陰，外面風吹得正緊，打風的日子，我的工作卻沒有減少。

除了很多正在處理的簽證申請之外，最近也有很多新的朋友跟我查問各種有關移民的問題。大家最關心的其中一個問題，是移民之後的謀生。有些人希望去打工，也有人預算做點小生意。

親力親為才有成功希望

講起做生意，過往我幫過不少朋友以投資簽證，又或者是公司代表簽證移居英國。從他們本身或是周遭，我聽過很多不同的故事，有成功的，也有充滿艱難的。

我記得最好的例子，是曾經在我書裡面的一位朋友，他早早就立心要在英國闖一番事業，投資開了一家超級市場。因為由一開始他的原意就是想來創業，資金和計劃都準備充足，去到英國之後，也全情投入事業發展，短短時間就已經做得有聲有色。

路，還有很遠

另一個同樣是我協助辦理簽證的朋友，他和一家人選擇了在蘇格蘭定居，開了一家港式茶餐廳，規模不大但很多事親力親為。認真地做，也得到很多本地人支持，賺的不多但算是營運得健康，更重要的是家人得到了比香港更有質素的精神生活。

從這兩個故事可以看到的，是在英國經營生意的成功與失敗，回報其實都很直接。你願意花費多少金錢與時間的投資，就換來相對的成績。你可以忘我地投入，能得到的成就自然更大。如果你想要得到平衡的工作與生活，同樣沒問題。最重要的，兩者共通的地方，都是大家同樣認真把計劃裡的事一一實踐。

懷著決心和勇氣

我也有聽過一位朋友分享，說自己沒有營商經驗，一開始時有了基本計劃，到步時開始營運，明知開初一定有段時間要守，卻在真正經歷時又失去了信心，計劃了要花的金錢只是想盡辦法慳起來。自己懂與不懂的甚麼都一個人做，到頭來公司發展更慢而且也達不到專業的水平。錢最後的確是花得沒預期那麼多，但因為公司也沒辦法好好做出專業的樣子，最後等於完全的浪費了。

這位朋友跟前面提及的兩人，他們的最大反差，其實就是源自於那份堅持。這位朋友我沒有太多可以幫忙，畢竟營商不是我的專業，但我卻仍然給他鼓勵，因為起碼他明白自己的毛病在哪裡。而我相信，知道自己的錯誤，才有機會改正。

就算翻天風雨蓋過我，攻擊批判怎麼多，只要鼓起勇氣從新開始，總有成功的一天。

你，也許聽過

晚上工作過後，我開著喜歡的音樂在聽，享受著寧靜的時光，桌子上的相架裡，放了一張舊照片，記載著是我那些年在英國留下的回憶。

近來移民再次成為熱話題，不少朋友都在討論應該移民到甚麼地方去。同一個問題給我的話，相信你們都知道我的答案是哪裡了吧。

滿載我的回憶

英國除了載滿了我好多的回憶之外，即使單單講這個國家對我來說的魅力，從來都遠遠超過任何其他每一個香港人熟悉的移民熱點。

英國最奇妙之處是那裡的多元文化，我在倫敦工作和生活時，得到很多機會去和不同國家的人接觸和交流。不同背景的人有不同的思考方式，讓我看到世界之大，並不只是地理上的廣闊，也在於人心。

那段日子對於我自己的成長也有很深刻的影響，因為目光的擴闊，讓我學懂了怎樣去體察別人和理解其他人的想法。當時我還不知道這些學習對於我今天的工作，竟然可以帶來如此大的幫助，或者可以如是說：沒有那段英國的時光，就沒有今天的我。

很多人說英國另一個吸引人之處，在於她位處歐洲，除了國內有不少值得前往的景點外，只要乘坐飛機一兩個小時，就可以到達歐洲不少城市，而且機票也相當便宜。這個我十分同意，因為我也正正是每逢有多幾天的假期，就必定會找個歐洲城市去遊覽。

眼界有多闊 成就有多大

其實這個經驗和我剛剛所說的擴闊眼光也是同一件事，因為除了在英國當地可以遇上來自各國的朋友，親身跑到那些充滿異國情調的國家，也同樣是令我得到了更多的學習的機會。

從那不同國家的語言、建築，甚至食物，你更加深深明白到每個地方都因為其歷史背景而發展出不同的面

貌。在小小的歐洲之內，你能夠看遍許多富有特色的文化。我並不想刻意作比較，但這個機會相比起很多其他地方如美加澳洲，或者就沒有了這方面的優勢。

揀選移居地除了看將來的生活質素及適應外，能否讓你得到進步的機會，我覺得也是個很重要的考慮因素。尤其是如果你有小孩子，英國能夠給予他們眼界的成長會是非常明顯的，這是我個人的經驗，你，又有沒有不同的看法或是經驗想告訴我呢？

有誰來幫助自己

隨著近日搬到英國居住的人數突然增加，不少人看到在英國開展安居服務的商機。有不少朋友都向我詢問有關服務的作用，甚至有朋友建議我開設相關的服務。

我總是笑著跟他們說：「我不是正在做嗎？」

這句話算是半開玩笑，也一半是實情。作為我的客戶，相信很多人都知道，我向來主張的顧問工作，並不只限於替客人安排申請簽證的工作。首先因為簽證只是整個移民過程的起點，拿到簽證踏足英國，才是挑戰的開始。而我一直以來，就如很多人說過那樣，在法律與政策咨詢以外，也總是關心每個移民家庭背後的故事。

挑戰才剛開始

老實說，申請簽證、設計投資方案等工作的困難並不算高，但要真正做到替每一位客戶度身訂造最適合他們方案，才最不簡單。尤其是我更會關心他們每個人的心理條件，這些都是我認為重要的事，即使這些工作最花氣力，也最少移民顧問願意留心。

我想說的是，有時也會聽到有些人開設有關協助港人到英後適應生活的服務，即使部分人指責說這種生意是在佔人便宜，我卻抱持中立的態度。

能夠踏出移民之路的人都是大膽的，但那種由身到心的挑戰，那種對未知的未來而感到的憂慮，我實在好明白。有機會的話我總是會鼓勵他們勇敢地面對新生活的種種挑戰，自己好好去發掘那些未知，就當作成生活的樂趣。除非憂慮真的影響到個人情緒，那麼找人幫忙也不是壞事。

你，會在遠處的何方？

專業和同理心

但我也有最憂慮的地方，就是突然出現這許多的安居服務，我實在希望服務提供者能夠明白到，他們面對的，是一群也許正感徬徨無助的香港人。也希望他們能夠真正提供到合適而且專業的服務，不要抱著搵快錢的心態，在一知半解的情況下，令有需要幫助的人們走更多的冤枉路。

對於即將要移民的朋友，也聽我說一句，人生的路總是由各種錯誤構築而成，過程才是最美麗的風景，可以的話就勇敢面對。到真有需要別人幫忙，也盡量找一些有信譽有經驗的，減少遭遇比意料之外更多的痛苦。

但如果，但如果說下去

星期一的早上，在辦公室繼續一如既往的忙碌時，聽到門鈴響起。以為是客人上來會議，轉眼卻見到同事抱著一大個禮物籃走進來。未把禮物籃內的信件打開，我心裡已經知道是她給我送來的。

她是誰？就是我們成立公司不久後的一位很好的客戶。這位客戶我們足足花了五年多的時間去跟進，中間許多的風雨我們可以說是一直並肩走過。那天香港掛著九號風球的時候，收到了移民局的電郵，知道她已正式取得永久居留資格，我的快樂不比她少。

不止於法例工作

收到那禮物籃對我來說意義是重大的，因為做移民顧問工作，服務客戶是理所當然的。客戶成功拿到永居或護照，其實沒有必要向我們道謝。

但在這幾年間，我們幫忙過的許多客人都會在不同階段的成功之後給我寫信、送禮物給我感謝。這些都是讓我感動的回應，因為從這些互動當中，我看到他們是真心感謝我給予的幫忙，而非僅僅是商業上的關係。

這些年來，我一直希望能夠做得更好，也希望我們幫助的每一位客人，可以感受到我們這份的真誠，而不是只著眼於那種一買一賣的合作關係。

就是因為有這信念，我才會這麼著重細心聆聽。移民上除了法律文件的準備，還會有千千萬萬的煩惱和問題，這些事遠比法例要求的條件來得複雜煩心，很多人最後是成功還是失敗，正正就是取決於這方面的分別。

雖然香港和英國有時差，但每次客戶有任何查詢，或者文件上有需要修改的地方，還有任何重要的政策改動，我們都會盡力第一時間作出跟進。雖然有時候會有一定的困難，但是每當想到客人在查詢時的心情，當中的慌亂與迷失可以是非常煎熬的，所以無論多辛苦，我也會盡量給予他們最快的回覆，這也是有時候我要工作到深夜的原因。

大家都要幸福

也正因為知道移民過程中的挑戰實在太多，我一直抱著的理念是要替客人解決最多的煩惱，所以公司希望做到的是客人只需要交低文件，其他事情我們都會辦妥，讓他們可以安心安排其他移居上的準備。

不敢講到說我們愛自己的客戶，但起碼我們是真心關心他們的一切，如果一切只建基於商業關係，這根本不可能做得到。

所以我最高興的，莫過於客人們感受到我們的態度，然後從那些反應回饋，我們得到的是你難以想像的幸福。我也答應大家，會繼續努力將這種幸福擴展開去。

CHAPTER ⑦
我有我天荒與地老

BY EDMUND

人大了，要長聚更難

見到沈旭暉教授早前在 Patreon 說到在香港機場離境的種種，然後終於到了台灣，忽然又想到二〇二〇年七月，某法案通過後，我們在香港的那次見面。

七月取消書展後，還是要專誠帶我的新書給沈旭暉教授，答謝他為我寫的序言。

一別五年

想想，認識沈旭暉教授都有十年了，那些年，他邀請我加入年輕智庫 Roundtable，還談了很久，那時我剛剛經營自家出版社不久，很忙很忙，最後婉拒了，但依然保持友好和聯絡。

我們就是那種不常見，但總算是交淺言深的朋友，記得我在二〇一六年離開香港的時候，在又一城的一席話，交換了對香港前途的看法，然後又這樣過了五年。

五年後的七月，才再次見面，香港已經不是我們熟悉的香港，大家也有了很大的轉變。幸運的是，仍然可以真誠地分享對香港的想法和計劃，要知道，在當下的香港，其實不容易。

於天國再會

當日他告訴我，下一站可能是台灣，也可能是某地，但最終也不會被一個地方困住，這是明白的，或者我們作為香港人也只能如此，其實也是宿命。

小時候總會聽到長輩說香港是「借來的地方，借來的時間」，那時會覺得不以為然。因為香港是故鄉，不會也不願意離開，我們的上一代因逃避極權來到香港，我們也又是同樣原因離開香港，能不悲痛嗎？

香港已經不是我們熟悉的香港，大家都知道，唯一不變的就是大家對香港的愛，我們依然寄望，香港可以回到上世紀那些年的美好，雖然已經知道不容易，但無論怎樣，別放棄，盡自己一分力一口氣，直到不能。

再次感謝 沈旭暉 教授，希望有一天在美麗如昔的香港，再見。

2020年8月的香港機場，空洞得有點可怕

我默默地又再寫，彷彿相見

二〇二〇年七月我在英國仍處於封城，國際航班很少很少的情況下，千里迢迢回到香港，準備我自家經營出版社的書展，在十四天隔離期間，經歷某法案通過、書展取消、延遲立法會選舉，心很痛卻欲哭無淚，因為我知道，香港將會落入更壞的狀況，要回頭已經很難。

然後，將書展改到十二月十六至二十三日，十一月下旬我們業界收到消息，十二月的書展可能會再次取消，會議後又改到十二月九日才作最後決定，其實出版商，籌備一次書展並不只是將書本物流到會議展覽中心，然後出售這樣簡單。

出版行業的困境

我們還要有很多很多前期準備工作，以及資源投放，例如：準備出版新書、聯絡作者、題材釐定、創

下次下次，我們還可以自由的書寫嗎

作過程、編輯審核、內文排版、封面設計，然後才是印刷，有沒有書展對於我們出版的題材、印刷的數量是有很大的差別，最後還有書店的發行工作，同樣面對越來越大的挑戰。

如果參與書展，我們還需要設計主題、佈置攤位，收銀機及信用卡的裝置，投放的金錢和花費也是不會少，七月份取消書展，這些費用，出版社是完全賠本的。

印刷成本，往往是釐定一本書的零售價的重要估算，但在二〇二〇年，已經有很多中小型印刷廠及周邊行業倒閉（例如：釘裝、過膠），十二月的書展有不少獨立出版社，根本找不到印刷廠幫忙，又或需要提早很多時間排隊印刷，即是書展前一個月，甚至更長。

所以於出版社來說，十二月九日才決定書展舉行與否，已經是太遲，而且很多印刷廠在七月後，要先審定內容才作印刷，因為就是恐怕觸碰紅線，大家都懂。

傳承本土出版文化

最後還有書店發行的困難，可能大家都會發現某些書在某些書店是找不到的，至於用直銷郵寄，相信很多出版社都會遇到很多問題，在這裡不說了，其他例如HKTVMALL、便利店遇到就是入線費等等問題。

出版一本書，現在的困難在於：

第一，作者及出版社對於題材選定的顧慮，我們的困難在於根本不知道紅線在哪裡；

第二，印刷廠對於某類題材，甚至是一些字眼採取很審慎的態度，最後寧願不接生意；

第三，某類題材在出版後，只有很少書店售賣；

第四，就是銷售如果不理想，其實都很難理想，完全蝕本的機會是很大的，很多獨立出版社的現金流根本不足夠，最後會怎樣，大家應該明白。

有些朋友跟我說，作者可以眾籌出書，但眾籌其實又隨時觸犯紅線，應該不太可能吧。

根本書也出不了，出版創作以及出版自由又從何說起呢。

我們作為獨立出版社，沒有政府、財團、相關機構和部門的一分一毫資助，我們撐下去，只因我們對紙本出版的堅持，和對傳承本土出版文化的信念。讀者買書，至為重要，沒有讀者的支持，我們怎樣努力也只是徒然。

明年今日，我還可以寫下去嗎

二〇二〇年在疫情下，出版行業艱苦經營，除了出版社結業，著名作者梁望峯、王貽興等先後發聲，似乎多了朋友關心香港出版業的前景。

童話故事能寫嗎

我作為行業持份者，同樣身為出版人和作者，感受至深，其實有關情況當然不是一朝一夕。我只想說，香港失去的言論、書寫、評論自由，才是整個行業的致命傷，我們害怕的是：「寫者無心，看者有意」，局限了的思想和想像又如何有優秀的創作呢？因為可能就連童話故事、寓言故事等等都可能犯上罪名。

其實除了作者有風險，作為出版人、印刷商、發行商，同樣身處險境，要知那些法例是連坐法，印刷廠這幾年已經有先看過內容，出現某些字眼不敢承印的情況，二〇二〇年七月後更嚴重。

還有一樣，很少人提及，書刊註冊組這兩三年已經有很大變化，情況是這樣的，出版社一般要在書本出版後要交付五本書到書刊註冊組作為紀錄，已經很多年，也相安無事。

但這兩三年會查詢作者的真實姓名、出版社的營運資料（你懂的），書刊註冊組掌握了是否批出「國際書號 ISBN」給出版社的權力，沒有國際書號有多麻煩，同業應該很清楚，這又牽涉到發行商及書店等深層次問題。

至於發行商及書店情況，太複雜，以後有機會才說。

我在香港的出版社仍會繼續，我的文字仍會寫下去，當然要顧及營運的成本，只是希望大家明白到香港的出版行業，已經是「此誠危急存亡之秋」。

我們也得糊口

王貽興說的都是真實，有一句說得很對：「不想成為同情打卡到此一遊的小店。」說白一點就是希望讀者不要：「口裡說撐，身體卻很誠實，到什麼也沒有了才來打卡悼念。」

最後，我們作為獨立出版社也好、作者也好，怎麼努力和堅持，讀者不買書，無論我們在台灣香港英國出版，也是徒勞無功。是的，我們也得糊口，文化人也要吃飯。

然後，當我們所愛的作者和文字，也再沒有然後時，才來哀悼又有什麼用呢？

直到那天直到不能

雖然只剩下僅餘的出版自由，我還是會繼續撐下去，出版我喜歡的書，直到那天直到不能。還有就是，我會繼續在不同的社交平台寫自己想寫的，我依然會好好珍惜，因為這可能是最後丁點兒書寫文字的自由。

有關出版自由，我們已經無路可退。

報平安，在這個年代，也已經不是必然。

漫漫長路，總會有下雨天的時候

寄望夢想於今後

我很喜歡po舊歌舊電影，經常引起版主是什麼人的猜想，就讓時光機回到二〇一六年初「香港人在英國」專頁開始，當時留意這裡的朋友，都會知道版主喜歡以歌詞又或電影放入文章，其實純粹個人喜好，當時也有不少讀者估計版主的年紀，甚或是男生抑或女生呢？

到了二〇一八年的新書發佈會，終於跟部分朋友相認了，也是特別的相遇，相信也解開了部分讀者的疑惑。

記下自己所思所想

「香港人在英國」這專頁也寫了五年多，一直寫我想寫的，記下自己的所思所想，文章的內容又或文字的感覺，也一直在改變，由剛剛開始時寫的移民心路歷程和過程；去到之後可能有點偽文青（如果還算）的感性；再到這兩年講多了關於香港的前世今生，以至社會運動，當然還有英國生活及疫情下的種種。

還是要堅持下去

朋友建議我開 YouTube channel，我想了想，沒有確切回答，只是 never say never，始終我最喜歡的是文字和紙本。

一期一會

二〇二〇年七月第二本書出版後，我在英國仍處於封城期間，幾經轉折，回到香港，準備出版社的書展時再見讀者，但在十四天隔離期間，書展宣佈取消，其實我是非常失望，二〇二一年希望到時再有機會跟同路人見過面，每次見面，我都會當作是一期一會，因為也不知道還有沒有下次了。

只想說，我在英國在香港的路仍未走完，希望同路人可以一起走下去。

給讀者的回信

我的第二本作品《擁有同樣寄望 香港人移居英國的故事》在已經出版了大半年後，仍有讀者專誠到書店購買，然後用心看完，再寫下感想給我，能不感動嗎？

在一個幾乎只著重網絡資訊，以及上網睇片的年代，買一本實體書真的是很難能可貴的事。這也是我堅持文字和紙本出版的其中原因。

以下是讀者 Daniel 的來信，以及我的回信，刊出前已得 Daniel 同意，再次感謝讀者的支持。

【讀者的來信】

Hi Edmund

素未謀面，買書結緣。

先恭喜你取得永居！小弟都打算同老婆同小女出年用 BNO 移民，都係為自由、為子女教育、為生活而非生存嗰啲原因啦。

早幾日買咗《擁有同樣寄望 香港人移居英國的故事》，好快睇哂。不少地方都深有共鳴，所以想寫幾句同你分享。

①一開始睇咗幾頁，已感覺呢本唔係移民指南，而係文學。簽證等實用資訊固然有，但其實已不重要，一來本書出版後推出了 BNO 5+1 方案，二來資訊網上大把。這不是批評，因為徒具資訊的工具書，有如旅遊吃喝指南，好快過時，文學至經得起時間考驗。

請細看我們身邊的小風景

②「點解一百蚊件 T-shirt 唔覺貴，但一百蚊本書嫌貴？」我都成日咁諗。好多香港人願意排長龍食碗一百蚊嘅拉麵，卻不願一百蚊買本書睇（不過啯的人可能免費都唔會睇）。$148 買呢本書，我覺得好抵。除咗可以 share 畀家人朋友睇，亦當係支持吓堅持出實體書嘅文化人吧。

③達明。自細我阿哥聽達明一派，我都愛上，當時唔知歌詞講乜，只覺《馬路天使》、《迷惘夜車》嘅電子音樂，加上黃耀明嘅聲線，好獨特，然後亦自然愛上聽黃耀明《借借你的愛》、《愈夜愈美麗》、《光天化日》等幾隻碟。近年腦內亦不時響起《今夜星光燦爛》、《今天應該很高興》嘅歌詞。如果你下次搵唔到人同你睇達明演唱會，搵我！

另外，你提到喺英國出版雜誌，可告知雜誌名或網頁嗎？好奇想睇睇。

祝安好

Daniel

【黎瑋思的回信】

Daniel，您好

真的很感謝你用心看完我的書。

① 第一本《只想追趕生命裡一分一秒　移民英國解讀101》是我五年前準備移居的過程，以及整個移居的心路歷程，還有我對香港的所思所想，部分想移民的朋友說更有共鳴。

② 第二本《擁有同樣寄望　香港人移居英國的故事　》，我寫的部分有更多個人的感覺，以及我對生活／文化／情感的看法，我是比較喜歡這本的呢。

③ 希望今年會出版第三本，會有更多我個人在文化和生活上的分享，希望你會繼續支持。

是的，工具書在銷售上較穩陣，當然我較喜歡個人感受及文化的氛圍，但在書市不好的時候，惟有平衡及取捨，亦是我們獨立出版社的生存方法。

④ 達明，我還有很多很多想說，希望日後還有更多電影及其他歌曲上的分享。上次回港，最後也有朋支作伴看達明呢。

有關雜誌，因為疫情已經停刊，也沒辦法了。

如果想看我更多更個人的文字，可以想想訂閱我的Patreon，

再次感謝你的支持！

黎瑋思

CHAPTER⑧
來讓我 送給你 這闕歌

BY JANINE

偶爾辛辣 偶爾苦澀

茶杯裡冒著輕輕的白煙，我慢慢地吃著早餐時，刻意沒有去看電話上那標示有人傳來訊息通知的燈號，因為我知道必須好好補充體力，去準備又一天的挑戰。

自二〇二〇年夏天傳來英國政府即將推出 BNO 簽證後，我和公司的同事從未經歷過一段如此忙碌的時光。每天接到海量的查詢，詢問我們許多各式各樣的專業意見，又或者是分享一些非常個人的處境查問。

BNO 簽證後的改變

與此同時我們為了讓更多人可以清楚知道一些由英國政府及移民局發出的最新資訊，我與同事更不定期地舉辦幾次網上直播分享會。除了要準備內容及安排直播之外，隨之而來也總會有更多人以不同的方式聯絡我們，查詢各式各樣的資料。

我們一直很感恩得到大家的支持，因為知道自己的專長，是擁有法律專業背景，因此在解讀許多政府文件時，可以作出更加準確及中立的解釋。或許是因為這個獨特性，讓大家對我們投入了更多的支持與信任。

美麗的誤會

但這種做法卻引來了一個很有趣的現象，就是在過去多次與查詢的人們談話之間，我們卻不止一次地被誤以為是政府的相關部門，又或者是一家提供義務工作的NGO，免費為港人提供5+1的服務。有人甚至誤以為我們就是英國移民局，直接問我們是否提供BNO簽證，多少讓我們感到哭笑不得。

其實我明白這些誤會都是美麗的，都是因為我們不以爭取生意的進取態度，去鼓勵客人們早早簽約，好讓我們可以賺取服務費，卻很多

時都希望能夠以持平的立場，去分析每一位客人是否適合移民。

是的，熟悉我們的人都知道我們有時會「趕客」，因為我們公司成立以來，一直抱著的宗旨都是希望以幫助人為前提。每一位客戶預約好時間上來做咨詢，我們都會細聽他們的故事，當中有適合移民的人，我們盡力協助安排；但也有其實並不適合移民的，我們也盡量分析給對方知道。

如果不是因為有你們

二〇二一年一月三十一日，英國時間上午九時正，英國準時開始了接受BNO簽證申請。

我和公司團隊馬上開始檢查當中所要求的各個事項，為符合所有要求的客戶，立即進行申請處理程序。

直到第二天的香港時間晚上十時，我們終於完成了首天的所有申請。

迎來最大的挑戰

這次最大的挑戰在於，是我們得到很多朋友的認同，要處理的申請數目也多，即使早已限制了申請數目，也有整個團隊的幫忙，但我們卻因為希望做好把關角色，所以每個步驟還是要親自再三審閱，所以進度始終有限制。

尤其今次的新簽證，客戶的問題不單多，而且往往都很急。電郵、電話、FB inbox/

感謝每一位曾經跟我，一起奮鬥的你

whatsapp/signal訊息不斷的傳來，我們全公司十個人雙手做不停，回覆完卻又已經有新問題。

很感激一眾客戶的體諒，因為大部人都相信我們的專業，也認同我們不求趕急，卻求準的態度，在我們全力應付第一批的申請期間，給予信任。

感謝你們的體諒和支持

當然也有客人比較心急，想盡快入紙申請得到結果，我們是明白的，所有能夠做到的，我們一定盡力做。只有你們能夠體諒和耐心等候，才是給我們最大的支持，並讓我們可以專心處理好每個個案。

至於新客戶，我則希望你們見諒，我們收到的查詢數量之多實在是難以想像，所以我們同事接到新查詢後，未必全部可以當天立刻回電，不過我可以答應你們，只要你是有需要的，我們定必全力幫助。

最後，我得好好多謝每一位留下來陪我加班的同事，這些年來，工作上人來人往，很感謝每一個曾經跟我一起奮鬥的你，無論你是否已經離開，又或仍在跟我一起奮鬥，很想你知道，沒有你們，我大概未必能夠走到今天。

我們要走的路還有很長很長，希望我身邊能夠繼續有著你們，一起加油。

英國移民局兩個窩心的動作

自 BNO 簽證開始申請後，一直忙得頭暈眼花，因為個案真的很多，但每天筋疲力盡搏鬥過後，今天竟然收到了意料之外的好消息。

BNO Visa 開始接受申請只不過是三個星期，當初一直預算申請到審批的過程大約十二星期左右，但我們今天卻已經收到了第一個客戶的申請被批的通知。

加快處理申請

用喜出望外都不足以形容我們的欣喜，是因為英國政府部門向來以慢聞名，但這次的 BNO Visa 申請卻如此快速地完成批核，真的不像一般情況。

其實我早前已知道英國移民局，有因為這次開放 BNO Visa 而特別增加人手處理，他們相信也預料到會有非常大量的申請者入紙。而英國政府也可能為了履行道德責任，而對於這次的簽證處理更加認真對待，並加速處理程序，這次反應的確值得讚賞。

更加要讚的，是我發現，經簽證中心的方式申請，獲批的信件及護照上的貼紙，移民局用上的是「Residence visa」，而不是寫上「BNO visa」，其用意我猜大家都明白，這種體貼真在是非常窩心。

文件準確的重要性

根據英國《泰晤士報》報道，截至四月中旬，平均每周有逾三千人申請，十星期已有逾三萬五千人申請，較英國預期多。英國政府早前預計，計劃首年會有最少約十二萬人申請，五年內會有三十萬人申請。所以至四月中旬的申請宗數，已超過英國政府估計，五年總數的十分之一。

在這裡值得一提的是，無論是打算找專業人士幫忙做申請也好，或是自己嘗試處理，請記住要把所有文件和證明準備妥當。因為移民局即使願意幫助我們，但他們的審核過程仍然是非常嚴格，只有當你的文件全部都合符要求，他們才有辦法盡速處理。

願所有的同路人，一切順利。

簽證批得快，因我們申請得慢

門鐘响起，同事不一會兒就抱著一大箱蘋果進來，原來是一位成功申請 BNO Visa 的客戶給我們送來的蘋果。看著那些鮮艷漂亮的大蘋果，我們整個團隊都很高興，不單因為貪吃的我們能夠有口福，也因為這是我們的努力得到認同的證明。

在未到申請日之前，我們的團隊已全力為每一位已經委托我們的客戶做著準備，包括：所需文件清單、文件及資料檢查、收集申請表格上所需要的資料、撰寫個人陳述書等，以便 BNO 簽證開始接受申請之時我們可以盡快進行申請。

切忌快但不準確

從二〇二一年二月第一個星期入紙，移民局僅僅用了兩個星期就完成了整個程序，並獲得簽證。這客戶心急的最大原因之一，是他們早前已經為貓貓訂了機票，還一直擔心不能如期出發。但現在簽證比預期更早批出，令他們一家可以齊齊整整和貓貓順利同行出發。

客戶的感謝，教人溫暖

回想那兩星期媒體報道，有關成功申請簽證的報道寥寥無幾，也可能是其他申請人在申請時，文件未齊備就趕忙入紙，於是需要補交文件而耽誤了批核的時間。

我一直都說，申請不是一個鬥快的遊戲，如果文件不齊備正確，程序不合規格，最後只會因快得慢，甚至影響申請的成功機會。所以我向來的做法，都是把所有功夫做足，即使有時心急的客人催促，又或者被朋友笑我動作慢，我們都不改作風。

BNO Visa 於二月下旬可以用 mobile app 申請，很多人都會嘗試，但我會提醒大家，別以為申請的方式容易了，覺得資料可以更隨意地遞交，那麼就大錯特錯了。

移民局嚴謹不變

移民局在處理申請的時候，不管你的申請方式，看的內容都是同一樣的東西，其嚴謹性也不會有所偏差。所以在入紙申請的時候，無論是以網上申請也好，用 mobile app 申請都一樣，一定要確保所有文件已經齊全及完全正確。

別因為英國政府給予我們手續上的方便性，就誤以為他們的嚴謹態度也會改變。為了自己的前途著想，記得把申請做好一點。加油啊！

BNO簽證出發日期迷思解答

BNO Visa於二〇二一年一月底開始接受申請，部分申請在數個星期後，紛紛獲得成功通知，伴隨而來的，就是「幾時出發」的決定。

不少人原本預計BNO Visa的批核時間，都會參考官方之前提供的十二星期這數字，但最後卻比預算早了很多獲批。

經網上表格申請

由於按規定，移民局要求以網上申請BNO Visa的申請人要於簽證生效之後九十日內出發到英國，雖然申請表格上有一欄可以填寫「預計到達英國的日期」，但根據陸續獲批的個案，移民局在獲批簽證的那一天，簽證便會正式生效，也就是說，五年的簽證時效，是由「獲批日期」開始計算。

因此一旦收到通知，其實就只剩下三個月左右的時間，起行的準備可謂急不容緩。過往申請其他簽證的人們，為了讓自己有更充裕的時間作準備，因此都會選擇在九十日內先到英國短暫逗留，做了「報到」的程序後再回香港，跟進處理移民安排。

但自二〇二〇年尾因為疫情關係，香港將英國列為最高級別的警戒國家，如果到了英國要再返回香港，就起碼得花費21+21總共42日的隔離，這對於大部分人來講都相當苛刻。雖然二〇二一年五月後有所放寬，但折返香港依然要有21天的隔離。故此BNO Visa持有人如果要出發，就可能需要預算在短期內回不了香港，並正式開始英國的生活。

經 mobile app 申請

此前曾有一個說法是以mobile app申請BNO Visa，將會沒有入境期間限制，但這卻引來一些爭議和誤會，我嘗試在這裡給大家一個簡單的說明。

首先，BNO Visa所提供的，是讓申請人在「獲批日期」開始計算，五年內居留英國的資格。如果申請者在這五年內符合申請「永久居留」身份的條件，你就可以在五年之後作出申請，並獲得正式居民身份。

我們所愛的，香港

如果你在這五年內並未符合申請「永久居留」的條件，五年後簽證到期前，便需要再申請續簽，以延續你的居留身份，直至你滿足申請「永久居留」的條件。

當中一些人有所爭議之處，是在於所謂「沒有入境期間限制」，並不是真正完全沒有限制。因為從得到批核的簽證信件當中，都會列明五年的簽證時效，也就是說，假使你延至第五年初才到英國，你的簽證就只會剩下一年的限期，並需要於第五年後安排續簽。

五年後申請續簽的可行性

至於如果在首五年的 Visa 年期內沒有達到永居標準，你的確是可以有機會再向移民局申請續簽，但前提是要英國在五年後政策並無改變，而

BNO Visa仍然存在及容許申請，當中的風險就必須要注意。

香港人計數一向精明，但機關如果算得太盡，令到整個移民大計受到影響，那就真的得不償失了，希望大家留意一下。

CHAPTER ⑨ 我們都是香港人

BY EDMUND

今天以後，我們依然是香港人

二〇二〇年七月後，看到不少認識的朋友，因移居而生的煩惱。朋友陸續離開，但也有朋友堅持留守香港，有朋友跟我說：只要一息尚存，也不放棄。

其實去或不去，留或不留，最後都是自己的抉擇和承受，這是我這幾年在我的專頁及我的書說了很多遍很多遍。關於移居，每個人都有自己的想法、處境和難處，移民不能解決所有問題，更可能面對更多更多的難關，這也是可以預期。

一息尚存　傳承下去

巧合又好，命運又好，二〇二〇年七月，我的第二本書《擁有同樣寄望　香港人移居英國的故事》出版，香港正經歷巨變，這本書就是紀錄了過去幾年，英國「搶」去了香港多少的人才，並且在英國投入多少的資金去營運我們的生意，他們我們你們在英國的奮鬥、努力和汗水。

香港開埠一百八十年，比起很多國家還久遠，香港在這些年來，已經建立獨特的本土文化、

圖片為1890年代香港

精闢語言，以及思維模式及生活習慣，無論我們去到海角天涯，香港人是抹不去的身分，也是我們的榮耀，只要我們還在，只要我們一息尚存，只要我們還有一分力，我們都要將香港文化傳承下去。

我們所愛的香港

我相信只要信念不死，意志堅定的走下去，終在那年直到那天，我們一定會尋回我們所愛的香港。

我們只能先做好自己，僅此而已，今天以後，無論怎樣，我們依然是香港人。

離開了的香港人，別忘本，好嗎？

如若還可以，香港見

二〇二〇年七月，我在香港。

六月下旬某天的上午十一時，曼徹斯特登機，途經阿姆斯特丹，轉機待了數小時，翌日上午十一時多抵達香港，兩程機都是人滿滿的，經歷接近二十小時，也沒睡過一小時，累極了。

看著香港美麗的夜景，想哭

到達香港機場後，禁區內重重關卡，停下來查詢檢查也有數次，最後簽署同意接受隔離令並扣上手帶，才可入境，二〇一九年我也因工作往返香港，終於再次踏入香港，但卻恍如隔世。

然後，乘旅遊巴士到達亞洲博覽館，經過接近八小時的等候才完成檢疫，期間有一枝水一份芝士火腿三

據說，已經不能再進入西環碼頭了

文治，最後，感恩，negative。然後獨個兒拖著行李，乘的士到達預先訂好作隔離的酒店，已經是晚上十時多，呆呆看著香港美麗的夜景，想哭。

隔離的日子於我來說，並不難過，同事帶給我很多文件，是的，工作還得繼續。

活著才得見希望

困著只是好幾天，發生的事情卻也太多吧，香港某法例落實、BNO平權在望、英國解封，然後香港再爆疫情，只能對著窗外望天打掛的日子，是無奈也是現實。每天看著太陽升起又落下，明白到現實總得面對，好的日子壞的日子也得過，只要堅持走下去，活著才得見希望。

感謝公司拍檔冒著感染風險，親自帶給我剛剛印好的書，還有補充物資，包括一袋橙，是的，有書有橙，像探監。

路遙遙阻隔重重的回到香港，隔離十四天，都是為了書展見，但最後於也在開幕前兩天取消，再努力，原來也是徒然。

人生，也不是如此嗎？

離開了，卻散落四周

之後，讀者 inbox 問我還有新書簽名會嗎？只能說句對不起，沒有了，因為香港的限聚令，不能聚集太多人，所以惟有放棄，請大家見諒。

完成了香港必須的工作後，在八月上旬的某天離開香港了，沒告訴太多人，只記得一個人在空洞洞的香港機場，呆呆等待著航班的時候，想著這段留港期間的種種，是無奈也無力。

還記得盛夏那天，懷著希望，回到香港，最後我們失落更多更多，我只知道，無論是過去抑或現在，我們與香港都經歷了這麼多，走了很長的那一段路，未來會怎樣，我真的不知道啊，我只知道懷著寄望，追趕生命每分每秒，希望為所愛的香港多做一點，直到不能。

最後，縱是不捨，還是登上往倫敦的航班，我相信，到了某年某天，我還是會回來，但你妳您們還會在嗎？

不要成為被討厭的人

BNO新計劃引起了廣泛的討論，很多群組都有不同的意見或交流，不詳述了。我幾年前移居英國時，經常都囑付自己，要理解和尊重本地人的文化和生活習慣，不要以大香港人的心態去移居外地，否則只會令本地人反感，更難融入本土生活。最後，我們同樣會被視為一百五十個配額看待，成為被討厭的人。

到了英國幾年，我一直在專頁及出版的兩本書都說，移居後無論工作、生活、營商都要好好認知當地的本土文化，甚或衝擊，或者很多事情，並不如想像中，但要生活下去，就得理解、接受、融入，就是這樣，僅此而已。

今次疫情，真真正正凸顯了東西方的國情和文化差異，甲之良藥，乙之砒霜，但自由的可貴正正如此，毋忘初衷，別忘記為什麼要離開香港移居英國，追求的又是什麼。

關於移居，無論五年前，抑或現在，我依然會說：除了決心，都是決心，只有眼前路，沒有身後身，香港今日的狀況，我們也只能如此了。

朋友問我，好像最近少寫了移居後的生活分享，其實我在過去五年已經寫了很多很多，但不會只說英國的好，有段時間給某些人說我放負，所以又少寫了，另外也見到網上都有大量資訊，又或 YouTube 上有很多了，他們都比我好。

以下是我移居英國一年半後，二〇一七年十月的文章，是當時的生活分享，也曾在第一本書刊出，現略作修改，也祝大家一切順利。

我的移民之路：我適合移民嗎

近個多月陸續有網友來到英國探訪我，先感謝大家支持，我估你們見到的應該不是紙板人吧（明就明），亦有不少網友對於移居英國心大心細，問及的問題，當大家的處境、價值觀不同，亦因為工作頗忙，未必能一一回應，請見諒。

以下是對移居英國心大心細朋友，決定移民前可以想想的事情，當然未必全對，若覺得是無營養的，看過就算了。

① 決心 - 我常說移民是「除了決心，都是決心」，見到不少朋友萬事俱備，只欠決心，我明白下這個決定很難，但日後的故事如何書寫下去，就由您現在的決定開始，正所謂，條路自己揀。

② 生活——在英國「生活」可不是「旅遊」，這點我經常跟想像移民生活很美好的朋友說的，生活的日常是遇到不同的文化衝擊、適應、改變、接受，再加幾分無奈、苦惱。

③ 慢活——「香港節奏太快了，我想在英國慢活」朋友如是說。但要記住，是所有人都會慢活的，當你想快點完成工作，但其他人慢活的時候，你又有無耐性呢。

④ DIY——英國人習慣 DIY，人工貴當然是原因之一，小店的貨架大多都是我自己砌的，砌砌下發覺其實也不難。又例如住 house，要預計冬天要自己打理花園等等，在英國生活要預計很多事情要自己做。

⑤ 私隱——說外國重視私隱是概括說法，但在英國很多時都會問你出生年份，是要取 passport/BRP 或車牌看的，車牌有出生年月日，例如買酒、WD40(我在 pound land 買支 WD40 也給店員取年齡證明，還要好訝異講我出生年份 what？nineteen xx？)

⑥ 冬天——有朋友說不怕英國冬天，因為香港太熱了，我不能否認這說法，但英國冬天長達四至五個

解封後的英國，春光明媚，多好

月，平均0度，又雨又風又早天黑又缺乏陽光，是很易令人鬱結的。不要看輕這點，當剛移居無工作、無太多多餘金錢、無朋友、無陽光的時候，特別掛住份在香港要加班的工作，以及在香港一年都無見一次的朋友。

⑦ 工作——移居英國後找工作易嗎？香港人又或華人，找餐廳／港式中式超市／百貨公司 應該不難，若要找較專業的工作就要慢慢來了。英國最低工資£8.91（二〇二一年，每年調整）看似不錯，但要加到高人工也不易，又或加多左都作用不大，因為稅收高。

⑧ 朋友——朋友問我識到朋友嗎？之前已有寫過，只想說若想較深交一些外國朋友，可能要花多一點時間了，香港人或華人圈子識朋友較易，但又不止一次有居英多年的香港網友 inbox 告訴我這裡的華人圈子有較多不同的說話（你懂的），著我要留意。

若果初來者想認識多些香港人，到香港人／華人教會吧（利申：我無返）。

⑨ 歧視——話無就呃你，不過好多事情我會 take it easy，看看把尺如何放吧，但要有心理準備。

⑩ 治安——近年多了針對華人的搶劫及入屋行劫，因為知道華人有現金。我的書店亦先後至少兩次遭人偷了不少東西，根據本地人說，店舖偷竊就算捉到犯人只會困兩三天就放人，對慣犯

來說沒什麼大不了。二〇一六年聖誕節前，亦在曼徹斯特市中心親眼看到不止一次名店保安窮追竊匪。

⑪ 恐襲——是的，層出不窮，惟有小心，例如在火車月台上有不明背囊或東西我都會行遠少少。驚？細細個我就識：「生命誠可貴，愛情價更高，若為自由故，兩者皆可拋。」

⑫ 租樓定買樓——英國租樓，業主或物業管理公司可以在 24 小時內通知就上樓檢查，佢亦會 keep 住屋的鎖匙，我試過在倫敦睇樓，租客不在，agent 照帶我們入屋。另外，租客要好好保養間屋，有些莫講話多口釘，據聞有些連 blu tack 也不可以。

買樓又如何？初來者很難做按揭，講真未熟環境 all cash 買樓同樣有風險。買定租，自己判斷，我比唔到意見。

⑬ 物價——港式中式或 Asian 貨品食材一般都較貴，鬼佬野識搵一樣可以好平，又例如車費可以好貴，亦可以有方法合理一點。

去或不去，留或不留，最後都是自己決定，然後承受帶來的快樂與哀愁。

請看一眼這個光輝都市

我曾經在香港最美好的時代成長和生活，最後卻消失殆盡。有人說，未曾經歷也許還好，因為曾經擁有而失去，會更加傷痛。

上世紀八九十年代，彷彿也只是昨天，而已。

無論我們去到海角天涯，香港人是抹不去的身分，也是我們的榮耀。

只要我們還在，只要我們一息尚存，只要我們還有一分力，我們都要將香港文化傳承下去。

總有一天，我們會……

去年春天，沒有路人的都市

CHAPTER⑩ 假如讓我說下去

BY JANINE

曾某年某一天某地
重見曾似相識的你

摩天輪轉了一圈，我們在這裡道別。

一起於女校成長，一起經歷公開試，一起去畢業旅行，一起到歐洲遊歷，那次的旅程，改變了我後來到英國留學進修之旅。

半年前的某一天，你突然告訴我：「我要走了。」半晌，我說不出說話，凝望著你，問道：「要到英國嗎？」你點頭微笑，跟我說起你嚮往的英國生活，眼裡充滿著期待。

帶著父母遠走

後來我才知道，原來，在去年暑假 BNO 簽證計劃推出後，短短的一個月內，你跟家人已經賣了房子，決意離開。那一刻，我很佩服你，佩服你的決心，你的瀟灑，你的說走就走。

很多移民的家庭，都是為了下一代而離開，而你的故事，卻不一樣，一個人，帶著年長的爸爸媽媽一起離去。

記得我曾經問你，打算到英國後，有什麼計劃呢？你說，已經做好心理準備，到了那邊，做什麼也好，總之，就是重新開始。你甚至跟我說，已經有定最壞打算，接下來的一段日子都可能沒有工作，到時候，可能會先在英國不同的地方遊歷，直至找到可以安頓的工作和城市。

最後一課

隨著離開的日子越來越近，我知道，你的心情越來越複雜。復活節假期過後，學校正式復課，而你，卻正要跟校園告別。最後上課的那一天，你說，你忍不著流下淚來，學生含淚跟你拍照，而你卻安慰他們，天下無不散之筵席。你說，學生之所以不捨，是因為，在短短一個月內，同一個校園，已經有四名教師跟你一起離開。

這個晚上，我跟你相約在中環海旁，一起登上了摩天輪。隨著摩天輪緩緩上升，維多利亞港兩旁的景色，映入眼簾。

「香港的夜景，真的，很美。」我望著車廂外的景色說。

「能夠在離開之前，這樣欣賞一遍香港的夜景，真好。」

「其實，是什麼讓你有這樣的決心離開？」終於，我忍不住問你。

然後，你跟我說起你的恐懼，包括校園裡的情況，錄影的網課，通識科的矛盾，教師之間的恐懼，學生和教學語言之間的轉變。是那麼的一次，我深深感受到，在這個艱難的時代，驚濤駭浪的日子，作為教師的矛盾與掙扎。

「其實，你有沒有打算離開？」終於，你也忍不住問我。

我跟你說了很多很多，心底裡，也想了很多很多。

哪天再重聚

「再見了。」你在摩天輪下，給了我深深的擁抱。

「我知道，總有一天，我們會在英國相見。」

生命是由很多的抉擇所造成，每一天都有不同抉擇的機會，每一個決定，總會有人支持，也有人反對，無論是留下來或是離去，到最後，都是自己的選擇。

親愛的，在幸福降臨之前，記得好好愛自己，好好活下去，英國見。

「曾某年某一天某地　時間如靜止的空氣　你的不羈給我驚喜
曾說同你闖天與地　曾說無悔今生等你　也不擔心分隔千里
多少歡樂常回味　天空中充滿希冀
祈求再遇上　不放棄不逃避
今天失落才明白　默默道理
越是懷念你　越怕沒法一起

誰得到過願放手　曾精彩過願挽留
年年月月逝去越是覺得深愛你
如果失約在這生　毋需相見在某年
完完全全共醉一生也願意」

香港的夜空，多美

英國，讓我看到世界的大

很多人移居外地時都總是會和家鄉做種種比較，哪邊甚麼比較好？哪邊甚麼比較差？這種比較有時會讓你開心，也有時令你懷疑自己的決定。其實去到一個全新的環境生活，必定有許多的不同，但你的心態，卻可以決定你的快樂。

她的故事

「最初來英國居住，我只是拿著一個兩年期的Working Holiday Visa，心裡完全沒有觸及過移民這念頭。那時候在香港從事專業工作，事業還算順利。但我是個很喜歡玩的人，總是好想可以好好看一下這個世界，所以大概七年前，就任性的放下工作，一個人跑到英國去，當作一次生命裡的大冒險。

英國最吸引我的地方，是這個國家本身已經和我所

有了孩子以後，她終在英國定下來了

長大的城市，有著截然不同的文化，而且英國位處歐洲，從這裡再往別的歐洲國家去旅行也很方便。來到這裡，我是真正的有了大開眼界的機會。

沒有抱著甚麼特定的目的，只是為了看更多的東西和認識更多的人，我也沒有想到會在這裡遇上生命中的另一半。當時在倫敦仍然保持著返教會的習慣，我就是在這場合之下認識了我先生。

他們的相遇

想起來初相識時其實不太喜歡他，我先生很年輕的時候便已經到了英國讀書，或者是這邊的生活環境和社會習慣，我覺得他特別有主見，有時為了堅持自己認為對的，也不怕力爭到底。我初時以一個香港人的心態去看，有時不免覺得他有點自我，那種時刻想去挑戰權威的個性也看似有點固執。

但在教會的團體裡相處久了，我卻慢慢發現這性格也有一種很特別的魅力。最吸引我之處，正正就在於他和我的兩極化。就如一開始所說，我是個很愛冒險的人，當我發現身邊竟然有個人甚麼都跟自己不一樣，處事的觀點與角度也是我難以想像的，這多少反而成了最有趣的地方。

那時候我還年輕，覺得這種感覺很有吸引力，於是我們在那 Working Holiday 的最後半年就開始走在一起了。Working Holiday 完結的時候其實我是回了香港，打算重新投入事業。只是在香港十個月之後，他也因事來港，並提出想和我結婚，我沒有考慮太久就爽快地答應了。

約定在一起

決定結婚，其實就代表著我要再次回到英國居住，因為我先生他有英籍，所以我需要做的，就是申請配偶簽證過去。

緣份最有趣的地方就是這樣，在認識了我先生的同一個教會，也是我認識 Janine 的地方。我的工作是專業類型，因此我也非常相信這些工作，應該交由專業的人去處理，如此我也沒有理由不找她幫忙。

申請配偶簽證中的最大挑戰，是因為我先生是個自僱人士，收入並不穩定，一般來說比較難成功申請簽證。但我既然能和大家分享這故事，當然就是因為有了 Janine 的幫忙，簽證終於還是順利獲批，而這已經差不多是五年前的故事了。

這五年的生活，英國給我的感覺很好，我亦可以在這裡繼續發展自己的事業。朋友們不時還會問我是否習慣，我會說，世界上每一個地方、每一個城市都有她好的地方，也有她不好的地方，重要的是你要以一個怎樣的心態去過活。」

有愛，就能克服一切嗎？

手機傳來一張照片，四月的倫敦竟然下了雪。

她是我幾年前一位客人，現在一個人帶著孩子在英國居住。

我還記得申請簽證時，她和丈夫一同上來我辦公室時的情景。兩人牽著手走進會客室，平靜地坐下來和我討論申請簽證時，他們兩人的神態、動靜通通都有著一份默契。

我以為，他們的故事會不一樣。然而，直到要正式辦理簽證申請時，客戶卻只剩下了一個人。

以為幸福 不在這在別處

兩個人在經過向我詳細咨詢後，考慮了經濟條件、生活安排等事情，認為如果要為了讓他們的孩子穩妥地得到英國居留權，連太空人的方式都並不理想，只能以離婚作為最後選擇，再讓孩子跟隨母親到英國居住。

當她第一次告訴我這個想法與計劃時，我先以律師的身份告訴她有關規則上的種種需要注意事項；然後，也忍不住以朋友的身份和她談論了一段不短的時間。

她的想法緣由我清楚知道，故事矛盾又諷刺，為了孩子的幸福，而必須犧牲自己的幸福。然而，孩子又真是幸福嗎？

也許幸福，不過是種自如

最近收到這樣的查詢特別多，而我卻明白到，世界上就是有些事、有些考慮都是當事人自己才知道。

也許幸福 不過是種自如

能夠不分開的話當然好，但因為制度上的限制，情非得已之下，這些年來，有人選擇見步行步，亦有人會選擇不顧一切地忍痛前行。

然而，以年來計算分隔異地的愛，你難以想像當中的困難與挑戰可以有多少。即使對於最堅貞的愛情、最互信的關係、最真實的情感，也是非常苛刻的。

經年累月之下，那些裂縫大得旁人都看得到，而記憶中的眼淚也不知弄濕了幾個枕頭。

他們最終能否再次在一起？我不知道，但願如此。

一起向世界說
一個香港人的移民故事

夜幕低垂，飛機在跑道上滑翔起飛了。

同一個城市，每一天，有人來臨，也有人離開。香港本來就是一個移民城市，上次大規模移民潮，也許是我們父母的一代，過去數十年，在很多人的眼中，香港是一個繁榮、文明宜居的地方。

然而，過去一年，香港卻掀起了新一次移居海外的浪潮。我們離鄉別井，帶著家人父母小孩，離別了安穩的工作，熟悉的生活，至親的親友，走出安舒區，離開我們所愛的香港，為的，到底是甚麼呢？是一紙居留權，一本護照，一個新的開始，還是一個更好的將來？

什麼才是更好的將來

如果，為了的是一個「更好的將來」，這個「更好的將來」到底是怎麼樣的呢？為了未見的將來而放棄安逸的現在，所犧牲和捨棄的又是甚麼呢？

你的夢想，又是甚麼呢？

過去這幾年，我一直用文字記錄著工作上的種種點滴，筆下記錄的，都是一個又一個香港人移居英國的故事，當中，有淚水也有感動。如果你問我，除了文字創作外，還有其他的夢想嗎？

我想，大概會是電影。

如果，能夠製作一部電影，加入內心的獨白，記錄這些年來，香港社會所面對的掙扎，人們決定離開或留下來的掙扎，香港人移居英國後，一年四季生活上的改變，所遇到的挑戰和困難，所經歷的歡笑與淚水，所捨棄和記掛的情與事，那該多好呢？

很榮幸，最近收到倫敦的香港電影工作者的邀請，與他們一起籌備一套紀錄片，記錄香港人家庭移居英國的故事。

香港人尋找他鄉的故事

仍然記得，接到邀請的那天，我跟妳談了很多很多，妳跟我說起妳的電影夢，對於這次電影計劃的所思所想，妳說希望用一年的時間，拍攝出人物的深度，把故事娓娓道來。然後，更重要的是，把這個故事和作品帶到世界電影節的大舞台，讓我們一班香港人，自己製作自己屬於我們的電影，一起在國際電影節，向世界說一個，香港人的故事。

我知道，電影有自己的生命，而我更期望，我們能夠一起，拍出一個生命影響生命的故事。然後，某年某天，在電影節裡，一起向世界，分享這一份感動。

我，期待著這一天的來臨。

離開是為了更好，而不是妥協

周末太平山街的路上人來人往，但氣氛寧靜平和，這個地方總是像有魔力般，讓人感覺回到舊時那美好的時光。

我在舊店與老街之間徘徊，感受著那浮游在空氣中熟悉的溫暖。我喜愛這地方，但平日卻不常來，這次卻是為新的著作拍下照片，算是工作緣故。

拍攝進行到一半，休息的時間裡我坐在公園的椅子上，享受樹蔭下許久未有的閒適，地方一行螞蟻在搬送著一些食物碎片，我想起了許多在英國奮鬥著的人們。

最近聽到幾個好消息，一位朋友到了英國一陣子，終於回到自己熟悉的機電工作擔任工程主管；一位當護士的朋友經過長時間的努力，重新考回護士資格，可以再次穿起專業的制服；一位做會計的朋友，花了不少的時間去進修英國的相關知識，終於又找到了會計師樓的工作。

三位朋友的經歷相當相似，他們到英國移民都有一點日子，但在初到步時，卻因為執照與專業資格不能直接過渡到英國使用。

為了適應新生活，他們的時間都投放到家人身上，自己的本業只能暫且放下。為了支撐生活，他們後來都開始了從事一些低技術的工作，當中有在超級市場做店務員，有在餐廳做侍應，也有買了車子當上送貨員。

那段日子他們都不快樂，雖然口裡跟別人説能到英國生活就該感恩，但我每次和他們聊天時，我總聽得出他們對生活妥協而帶有一點落寞。

我知道不能逼迫他們去做甚麼，畢竟每個人都懂得衡量能力作取捨，然而我卻始終鼓勵他們如果到一天生活穩定了，就可以考慮把失去的重新拿回來。我的這三位朋友，分別在經歷一段時間後，終於慢慢重新嘗試，並最後好好地走上了屬於自己的路。

英文難考核難見工難，很多人説這樣難那樣難，但我總是説，難不難不在於別人給你的要求，而在於你自己給自己的要求。何況，愈是難的事情，不才更有價值嗎？

到英國去每個人的心態都可以並不相同，如果你想找尋最理想的生活方式，就不要認輸，一步一步的向前走，縱使前進速度有多慢，但一定值得的。

CHAPTER ⑪ 戀戀英倫

BY EDMUND

永久居留前的最後一個考驗

二〇二〇年九月十日，陰天。

今天終於應考，在申請永久居留前，必須要通過的 Life in the UK test，也一步一腳印的完成這五年來英國企業家簽證所需的每一項任務。

五年付出的所有所有

那天完成了說了很久很久的 Life in the UK test，步出試場，感覺的是，這五年付出的所有所有，得來的真的真的不容易，是釋懷也是有點倦了。相信企業家簽證的同路人也會如是想，我們的經營都是有血有汗有淚，對英國對社區都盡力做好自己身為在英港人的責任，並且有落實我們作為企業家簽證的貢獻。

一切一切，只因我們都有共同寄望。

風雪中抱緊自由

英國在封城期間，禁止遠行，但還是有些必要事項或工作，可以離開居住的區域。二〇二一年一月的某天，在交付永久居留申請後，預約了辦理 BRP，這五年多以來，已經是第三張 BRP 了，但封城期間，BRP 中心減少了，等了幾天終於成功預約，但需要由 Manchester 到 Sheffield。

那天，天氣不似預期，駕事途經窄巷山路，大雪後又大霧又下雨，來回山上仙境又折返人間，然後回程中，終於見到驟雨中的陽光。

我們都要好好活著

或者我們現在經歷的，可能都是一場歷練，

在記憶中，紅紅的電話亭

我們都會經過高山低谷，風風雨雨，甚或大雪迷離，但我相信，亦堅信，陽光總會到來。

斷斷續續無止境的封城，我們又會停下腳步，細看居住的城市嗎？或者，美好的風景更美的人和事，就這樣每天輕輕的擦身而過，失去了的時候才懊悔，已經太遲。

還記得謝安琪的「活著」嗎？

「雲霧上那野鷺俯瞰人間國度，茫然地叫，好比哀悼童心再找不到

緩緩沉落山邊沼澤，停叢林內暗淚流一道。」

活著多好，我們都要好好活著。

補遺

① Life in the UK test 難嗎？因人而異吧，我覺得也是不太難吧。

② 試場職員說：香港的國籍，真的有點複雜。

③ 完成了所有嗎？還未呢，仍有待申請永居，再一年後申請入籍。

合久必分的必然

二〇一六年六月二十三日，英國舉行全民公投，問題只有一個：「聯合王國應當繼續留在歐洲聯盟內，還是應當退出歐洲聯盟？」

"Should the United Kingdom remain a member of the European Union or leave the European Union?"

一人一票脱歐公投

脱歐公投中，只要年滿十八歲且居住在大不列顛與北愛爾蘭聯合王國及直布羅陀的英國公民、愛爾蘭公民和大英國協公民，都有權投票。在英的 BNO 持有人，只要是登記選民，可以投票。

投票結果，脱離歐盟 51.89% 贊成，英國正式進入後歐盟時代，亦開始跟歐盟展開分手前的談判，談判，談判及過渡期很漫長，經過脱歐公投後的整整四年多、一千六百四十五天，終於……

Big Ben 於格林威治時間二〇二〇年十二月三十一日晚上十一時響起，宣佈英國正式離開歐盟單一市場及關稅同盟，我們都在見證歷史。英國在二〇二一年元旦日正式脱離歐盟。

分手期整整四年多

在英國當地晚上十一時，即歐洲的一月一日凌晨，英國停止遵守歐盟規例，取而代之是新的旅遊、貿易、移民和安全合作機制。首相鮑里斯約翰遜發表新年演説，表示英國結束了漫長的脱歐進程，英國終於重新取回國家自由，將來會更好。

鮑里斯約翰遜在演説強調，「英國在一九七三年後再次成為一個獨立國家，已經重新控制國家的法律、邊境、資金、貿易及水域捕魚權。」

正如唐寧街 insider 在脱歐前向記者表示：

"After that we can fish and eat every damn fish in our waters."

英國脱歐，合久必分的歷史必然

再次成為獨立國家

這在在說明當年一人一票脫歐公投，為什麼會獲得較多國民認同而通過，二〇一六年，我有投下我的一票。

在艱難的二〇二〇年，到了最後，總算有一個好消息。

合久必分，是歷史的必然，英國歐盟如是。

黎明來到的希望

二〇二〇年十二月二十五日，聖誕節。

今天聖誕節是封城期間僅有一天可以 mix household 的日子。大家都珍惜與親愛的人見面的日子，因為，我們都不知道，明日之後又會是什麼狀況。

我仍然很好，我知道仍有想念的人，仍有為理想奮鬥的朋友還在香港，期盼大家都安好。我散居在世界各地的朋友，就相約在聖誕節作網上聚會，來自香港、英國、美國、加拿大、澳洲的朋友，我們身處不同時區和國家，或者還能夠這樣見面，已經是最好的事情。因為我們都不知道，何時才能夠在哪天哪裡再重聚。

來了英國幾年，從未在聖誕節見到下雪，今天終於也遇到了，也算是在艱難的二〇二〇年最後的一點欣慰。

聖誕節的初雪

我在曼徹斯特，每年的聖誕節總會外出走走，就算是平時人很多的市中心，每逢聖誕都會格外冷清，差不多所有超市和店舖關門，感覺比起三至六月全國封城時更蕭殺。

聖誕節本地人都會留在家中，尤其是疫情下，就只得今天可以跟不同住的親人及朋友在家中聚會，我們都要好好珍惜每次重聚的機會。我想說的是，下次下次，我們下次又會是何時再見呢？

英女皇聖誕文告的勉勵

英女皇伊利沙白二世在今天聖誕節下午二時發表聖誕文告，其中一句，像是勉勵我們香港人：

"Even on the darkest nights - there is hope in the new dawn."

即使我們在最黑暗的夜晚，總會有黎明來到的希望。

Even on the darkest nights - there is hope in the new dawn.

香港人，別放棄，我們終有一天，在自由的香港，再見。

希望大家，平安，就好。

我們一定會再見。

We will meet again

保持冷靜，繼續前進

KEEP CALM AND CARRY ON

聖誕節過後，確診數字大幅上升，二〇二一年一月五日，英國一年內第三度全國封城。

第一次 National lockdown，是二〇二〇年三月至六月，全英接近停擺，所有餐廳食肆酒吧關閉，只容許外賣、非必要商鋪關閉，市面上仍有開業的只有超級市場和部分藥品店，例如：super drug、boots 等等。

此外，所有學校停課、GCSE 及 A level 取消、所有大型體育活動，包括英超停賽、建築工程亦停工。當時無論大街小巷，人流都很少很少，有點像電影《28 日後》。

英國三度封城

第二次封城為二〇二〇年年十一月初至十二月初，措施較為寬鬆，中小學照常上課、英超繼續、建築工程亦繼續。

至於二〇二一年一月五日開始的第三次 National Lockdown，封城措施詳情大致跟二〇二〇年三月的相近，差不多一年，我們又回到原點，但市面狀況是有明顯分別。

除了學校停課外，情況與聖誕前的 Tier 4 / 第四級別差不多，早上八時，家居附近的建築地盤準時開工，走到街上行人也不少，High street 及商場營業的店舖，比起第一次全國封城為多，包括眼鏡店、文具店、以及 WH SMITH 等等，繼續營業。

市民都習以為常

部份商店容許客戶網上購物後，到店舖取貨（click and collect），所以部分店舖內仍有員工需要上班。在超級市場內，貨物供應充足，第一次全國封城，基本上所有麵粉、意大利粉等等全部缺貨，但第三次封城供應仍然相當充足，也説明簽訂脱歐貿易協議後，食物供應沒有受影響。

其實英國已經在一年內有三次大規模的封城措施，相信市民都已經習以為常，大家也沒有太緊張，

縱有多少風雪，還是要走下去

有關 Tier 3/4，甚或傳聞中的 Tier 5，本地人又或傳媒已經幽默的說可以到達 Tier 10。

在香港的朋友問我，安好嗎？其實也沒什麼，我是盡量過正常的生活和工作，別被無力感擊倒我們。KEEP CALM AND CARRY ON 並不只是口號，身處在瘟疫蔓延時的英國，而是切切實實的身體力行。移居的生活也當如是理解。

大家平安，就好。

五年的歷練　取得英國永久居留

二〇二一年一月十四日英國時間上午九時四十五分，記住呢一分鐘，我的永久居留/ILR申請成功了。英國內政部的電郵如是說：

"Your application for indefinite leave to remain in the UK has been successful.."

六年前的盛夏

二〇一四年夏秋之間的那場運動，要做的已經盡力去做，淚水都流乾後，明白到未來的不可測，決定以Tier 1 Entrepreneurs Visa企業家簽證移居英國。二〇一五年初首先以UK NARIC認證免考IELTS，然後用了整整八個月籌備企業家簽證的商業申請計劃書以及種種複雜的文件安排。二〇一五年十一月初簽成功，二〇一六年一月landing，並開始了「香港人在英國」專頁，二〇一六年五月帶著歉疚離開香港，one way ticket，正式開始我的移民之路。

二〇一六年十二月開展在英國的生意，必須在三年四個月續簽前投放不少於二十萬鎊在營運上，並聘請兩個本地人至少十二個月。二〇一九年三月續簽成功，再要聘請兩個本地人至少十二個月，二〇二〇年九月成功通過 Life in the UK test。

登上封城前的最後航班

二〇二〇年十一月在英國封城前，在希斯路機場乘搭最後一班航班，回到香港，處理好香港出版社的事宜，以及跟我的律師整理好申請永久居的文件安排。

就這樣過了五年

然後，十二月初帶著大疊文件回到英國（現在不需要實體文件，用作不時之需），在香港機場等候上機的時候，想到香港的狀況，明白到已經不能預計下次回到香港的日期，在飛機離開香港的一刻，鼻子也酸了，比起五年前更無奈。

回到英國，冬天了

十二月十日正式作網上申請，然後預約二十八日後的一月七日拍攝 BRP 照片，二十八日已經是最快的了，我還要由 Manchester 到 Sheffield，在拍攝 BRP 照片前是不會知道申請成功與否。

拍攝 BRP 七日後的一月十四日上午九時四十五分，收到內政部電郵通知，成功了。由二〇二〇年十二月十日正式申請到二〇二一年一月十四日獲批永久居留，這五個星期，曼徹斯特已經由 Tier 3 轉為 Tier 4，然後英國全面封城。

是釋懷也倦了

收到成功通知的一刻，感覺的是，這五年付出了所有所有，經過高山低谷，風風雨雨，得來的真的真的不容易，是釋懷也是有點倦了。相信企業家簽證的同路人也會如是想，我們的經營都是有血有汗有淚，對英國對社區都盡力做好自己身為在英港人的責任，並且有落實我們作為企業家簽證的貢獻。

自由，確實得來不易，我們更懂珍惜。

我的故事，還在繼續，只希望，我們在那年那天，在自由的香港，再見。

補遺

① 還是要再次感謝我的律師Janine，由二〇一五年電郵給她開始，經過很多很多，幫助我一步一腳印完成我的移居過程。

② 二〇一五至二〇二〇上半年，移居準備及移居後的這五年，我想說的，都在二〇一八及二〇二〇年與Janine合著的兩本書：
《擁有同樣寄望 香港人移居英國的故事》
《只想追趕生命裡一分一秒　移民英國解讀101》
最後，只希望可以寫我想寫的，一直寫下去，直到不能。

在自由的香港，再見

二〇二一年四月十二日，天氣晴。

終於，英國第二階段解封，非必要商舖、健身室、美容院、理髮店等等，可以照常營業，人們可以在戶外的地方相約朋友和親人見面，又或坐下來，安心的吃一頓飯。

我不敢說英國的抗疫很成功，但我們總算是歐洲其中最早解封的國家，今天在曼徹斯特市中心，大家都在享受春光明媚的陽光，無論食肆戶外座位、商場，又或可以坐下來的地方，都擠滿了人。

疫情下經營的困難

大家都帶著歡欣的面容，因為我們終於可以再次與朋友見面，原來可以跟朋友和親人吃一頓飯，訴說這一年的生活，是多麼多麼的難得與欣慰。

我們「企業家簽證」同路人，也有不少是經營餐廳，捱過一整年疫情後，也終於可以重開，我們在曼徹斯特的香港人，已經相約在解封後，到同路人餐廳撐場。

我們早數年「企業家簽證」的朋友們，在這一年疫情下的經營絕不容易，是有血有汗有淚，真的希望好日子會好快到來。

說了一年，我們一定會再見，終於也到了。

我們終將再見

或者我們應該感恩的是，這場世紀瘟疫，使我們更加懂得，自由及正常的生活確實不是必然，我們更加要好好珍惜。

香港及英國的朋友，我相信，而且堅信，我們總有一天，可以再次相聚在自由的地方。

在自由的香港，再見。

AFTERWORD
後記

離開以後，你還好嗎

黎瑋思

二〇二一年三月，有段時間我接近消失了，感謝朋友、讀者及網友的問候和關心。

遇到了的一些事情，情緒的起伏跌宕，比我預期的大，才發現，原來我並非像認識中的我般堅強。

我曾經以為，以後再也寫不下去了。

那件事情，或者對於其他人來說，只是生命的其中，卻原來對我來說，是多麼的傷痛。

感謝在這段時間，鼓勵、體諒、支持、陪伴我的你妳您，有您們在，使我感到溫暖，也使我可以再站起來，面對自己也面對你的離開，我知道，療傷的路還有很長很長，或者，這傷疤，是無法撫平，已永遠藏在心內，直到那天，我們可以在那裡再見。

對不起，讓關心我的人擔心了，只希望有天傷口可以結疤，然後，再發芽。

這本書是為你而寫，一切一切，都是給你的思念，後記以後，最後的文章，是在你離開後，我哭得眼睛紅腫時，一字一淚的記下。今天再讀，我的淚還在下，原來，我還是多麼多麼的想你。

離開以後，你還好嗎？

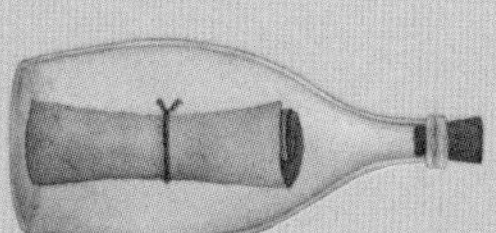

離開以後，妳還好嗎

繆曉彤

籌備《離開以後，妳還好嗎》的這一年，也許，是我生命裡最失落的一年。

世界一直在變，社會在變，身邊的人和事都在變。人大了，愛過了，痛過了，不禁有所慨嘆，生命裡總是人來人往，離離合合。每個故事，每段旅程，總有開始，也會結束。

曾經，我就像《寄望夢想於今後》封面裡那個穿著白裙的女生，在樓梯高處一直向下走，看不到盡頭。當時眼裡所見，只有灰暗的世界和悲傷的情緒。

回想起那段日子，就像大病了一場。離開了原來的生活，帶著我的所愛，開展新旅程。那時候我也曾經哭過，也曾經覺得走不下去。

感謝那段日子以來，陪伴著我的人，無論是文字上的、精神上的、在身邊的、遠距離的，你們讓我知道，原來我比我想像中堅強和勇敢。

事過境遷，但願，我也能像《回到美好的最初》封面，穿著花裙的女生一樣，雖然曾經經歷失落，但看到的，仍然是充滿色彩的世界，因為想做的事情還有很多，想追的夢還有很多。

或許生活就是這樣，有些事情，我們可以盡力去做，到最後，會不會做到，並非最重要，因為至少，我們都曾嘗試過努力過。

至於，總有一些事情，是我們無法控制的，其實都不重要，只要活出自己想要的生活，保持感恩和愉快的心情，就沒什麼遺憾了。

走在人來人往的街道上，看著每個人臉上的表情，有人在笑，有人在悲，到最後，無論是離開還是留下來，過得好不好，其實只有自己能夠決定。

離開以後，妳還好嗎？

留給最愛的説話／黎瑋思

我的貓咪突然離開了
我的世界彷彿停頓
再也沒色彩
每次想起您
嘗試記下我們快樂的時光
淚水又不止的流
心在痛，手在抖
再也寫不下去
沒有您，我捱不過這幾年的日子
沒有您，我不懂得再去愛
原來，文字不能寫出我的傷痛
原來，是我一直在依賴您
原來，什麼也不重要
原來，只想您回到我身邊
眼睛又再模糊，再也不能

別去了，我親愛的
期盼有一天，在彩虹橋上
我們再見
我們靠倚著
再不分離
原來，沒有您
我還是多麼多麼的愛您

留給這世上我最愛的／繆曉彤

我的貓咪今年四歲
在驚濤駭浪的日子
是你伴我風雨同行

無論早上的晨曦
或是晚上的夜空
一路上陪伴著我
尋找遺失的美好

你的眼睛 像繁星 溫暖我心
當我眼淚 不小心 滑過臉頰
你卻永遠 伴在旁 給我安慰
不管怎樣 也有你 陪伴著我
再痛苦的 日子裡 也撐得過

原來無聲的陪伴 就是最長情的告白
但願以後的日子 讓我與你一直相伴
永永遠遠深愛著你

紙本以外，我們還有

本書兩位作者以文字，訴說香港人在過去數年，面對離開與留下的抉擇，以及兩個連貫構思的封面，代表我們去或留的美麗與哀愁。

紙本外，我們還製作了一段具故事性的短片，以及屬於本書的原創主題樂曲。短片在香港中上環的舊街道拍攝，見證著香港的時代變遷。短片內獨白所說的，正正就是本書其中的主題：回到美好的最初。其實，我們所緬懷的又是什麼，大家都很清楚。

原創主題樂曲《往夢想啟程》所展現的，是我們對未知的未來，有著的盼望與憧憬，或者，留下來抑或離開的，都是寄望夢想於今後，但又有多少人能夠如願呢？

感謝「好年華 Good Time」團隊的短片製作和拍攝，音樂愛好者 Caiian Hui 的作曲，鋼琴演奏家 Emas Au 的編曲及演奏，令本書的創作，跳出了文字的框框。

還有特別要感謝，化妝及髮型師 Fiona Fi，以及攝影師 Ray 和 Steve，拍攝出兩輯充滿本土感覺的封面照片，讓本書的故事更完整。

香港的文創，也是要我們香港人傳承下去。

再次感謝

短片創作及拍攝：好年華 Good Time
原創主題樂曲：《往夢想啟程》
作曲：Caiian Hui
編曲及演奏：Emas Au
化妝及髮型：Fiona Fi
封面攝影及相片編輯：Ray & Steve

生活書房
LIVE PUBLISHING

離開以後，妳還好嗎——回到美好的最初

作　　者：繆曉彤、黎瑋思
責任編輯：麥少明
版面設計：陳沫
封面化妝髮型：Fiona Fi
封面攝影：Ray
攝影：Ray & Steve
短片製作：好年華 Good Time
作曲：Caiian Hui
編曲及演奏：Emas Au
出　　版：生活書房
電　　郵：livepublishing@ymail.com
發　　行：聯合新零售（香港）有限公司
地址 香港鰂魚涌英皇道1065號東達中心1304-06室
電話（852）2963 5300
傳真（852）2565 0919
初版日期：2021年7月
定　　價：HK$158 / GB£16.00 / NT$600
國際書號：978-988-13849-9-7
英國總經銷：Living Culture UK（電郵：LivingCulture@gmail.com）
台灣總經銷：貿騰發賣股份有限公司
電話：02-8227 5988